农民院士

（长篇报告文学）

农民院士

李春雷◎著

云南出版集团
云南人民出版社

《礼赞大地 1》 陈流 油画

农民院士
NONGMIN YUANSHI

目录

序章　阿哥阿妹的哭声

2020年6月，我第一次去云南省澜沧拉祜族自治县采风。

这里属于云南高原，又位于怒山山系的深处，偏僻且高远，清爽又安谧，天空蔚蓝如慈笑，地貌峥嵘似愤怒。细细瘦瘦的山路，白白胖胖的云雾，香香甜甜的野风，花花绿绿的杂树。阳光雪亮，穿透力强悍，投射在皮肤上，火辣辣。

傍晚时分，我们走进一个名为老达保的拉祜族山寨。

一座二层老木屋，爬满了茂茂密密的青藤，屋顶上置放着一枚金色葫芦。晚餐的时候，男主人吹起芦笙，女主人踏着舞步，献上了一曲悠扬的经典唱段：

阿哥阿妹的情意长，
好像那流水日夜响。
流水也会有时尽，
阿哥永远在我身旁。

阿哥阿妹的情意深，
好像那芭蕉一条根。

阿哥好比芭蕉叶，
阿妹就是芭蕉心。

燕子双双飞上天，
我和阿哥（妹）打秋千。
秋千荡到晴空里，
好像燕子云里穿。
…………

哦，这纯净如天籁的爱情歌曲，在晚霞和晚风中，犹如杨花柳絮，缓缓地在屋内飘浮聚散，栖落在四壁，吸附于屋顶，似乎绽放出一朵朵五彩缤纷的鲜花，弥漫着袅袅娜娜的芳香，迷幻且醉人。

这是电影《芦笙恋歌》的主题曲《婚誓》。

这，应该是世上最著名的爱情歌曲之一了吧。

陪同采访的当地宣传部工作人员告诉我，这首歌就诞生于此。

我立时惊诧，旋即明白：唯有此间山水风情，才有如此妙音仙乐！

的确，这部首映于1957年的电影，故事主体就是云南省澜沧江畔居住着的一个少数民族——拉祜族。他们勤劳勇敢、纯朴善良，却受到历代统治者的压迫和歧视。1947年中秋节，当地民众根据传统的习俗，穿着美丽的衣服，载歌载舞。这天晚上，年轻的猎手扎妥向他爱慕的姑娘娜娃表达了爱情，共同沉醉在甜蜜的初恋中。正在这时，国民党军队又来抢劫。抵抗失败后，扎妥逃进了原始老林。解放后，已经变成“野人”的扎妥被娜娃吹奏的芦笙恋歌唤醒。这对情侣终于团聚，在新社会的阳光照耀下，过上了幸福生活。

舒缓的曲调，美好的爱情，陶醉了一代又一代中华儿女。

但是啊，这毕竟是电影故事。

现实生活，却是另一番模样。

云南属于云贵高原，是地球上皱褶最多、最深的地方。

6500万年前的造山运动，将这一带的山脉挤压成了“老婆婆脸”。不仅如此，还错乱了方向。全国山脉多横向，唯它纵列，阻断东西方向，故名“横断山”。

澜沧拉祜族自治县，地处横断山脉怒山山系南端，境内高山巨谷，绵延纵横，仅海拔2000米以上的山峰就有150多座。这些高大威猛的山峰们，像一群群怒气冲冲的凶神恶煞。其带头大哥是公明、孔明、帕令、芒黎和扎发谷，人称“五山”。

此地雨量充沛，在万山峡谷中形成了大大小小的河流，有名有姓者达153条之多。这些婀娜丰盈、热情奔放的河流们，围绕着剽悍的大山哥哥，纵情歌舞。其中澜沧江、小黑江、黑河、南朗河、芒帕河和山允河，是领舞姐妹，名为“六水”。

山，雄奇壮烈，如戟似矛；水，奔腾咆哮，如吼如怒。

本地的季节，也与外地迥异。5月1日到9月20日为夏季，统称雨季；9月21日至次年4月30日为春秋季，又称旱季。雨季水量充足、天气热烈、濡湿如黏，旱季阳光充沛、气温凉爽、干燥无雨。

但这里啊，多是赤红壤、红壤，耕地以香面土、香末土为主。水田呢，则是冷浸田、烂坝田。

拉祜族，正是生活在这片广深的大山之中、红壤之上的一个特殊民族。

拉祜族的先民，是起源于现甘肃、青海一带的古羌人，早期以游牧为主。大约在西周之后，由于战乱，他们逐渐南迁，最终定居于澜沧江流域，以锄耕农业为主，旱谷、水稻、玉米是主要作物。

在其语言体系里，“拉”为虎，“祜”则是将肉烤香的意思。因此，拉祜族又被称作“猎虎的民族”。

“有酒桌上喝，有话当面说。”拉祜人崇尚坦诚正直、光明磊落，不说假话、虚话。邻里、朋友之间偶有摩擦或误解，事后互递一支草烟、喝一杯水酒，便会和好如初。

拉祜人常说：“太阳、月亮是最老的人最先看到的，粮食谷米是最老的人最先栽种的，山花、野果是最老的人第一个找到的，世上的事情最老的人懂得最多。”因此，尊老、敬老、爱老是拉祜人普遍的道德准则。无论哪家，老人的床铺肯定设置在房屋里最暖和的火塘旁；饭桌上的席位安排，老人居中；每年新谷开镰前，第一个尝新的也一定是家里的老人。

拉祜族的节日有春节（扩塔节）、端午节、尝新节、火把节、新米节等，风俗则以“接新水”最为著名。

春节，拉祜语称“扩尼哈尼”，时间与汉族春节时间基本相同。不过，拉祜族过年分为大年和小年。大年从正月初一至初四，也称“女人的年”；小年从正月初九至十一，又称“男人的年”。传说过去只有大年，没有小年。因为年前男人们总是集体远行围

《云南写生 1》　陈流　油画

猎，回来时常常误了年期，女人们为了慰劳远途而归的男人们，也总是一次次重新备办酒肉食品，为他们补过新年，后来逐渐沿袭成习。

“接新水”的晚上，全家人沐浴洁身，各村寨鸣放三响火炮、火枪。新年第一天的凌晨，青年男女争先恐后地奔往山泉边。拉祜人认为，一年之始，泉水最新最纯，谁先抢到新水，谁就是最幸福的人。节日狂欢期间，姑娘和小伙子们吹响葫芦笙，跳起狂欢舞。晚上，山坡上点起一堆堆篝火，一对对情侣在一起谈情说爱。

拉祜族虽然是一个欢乐民族，却也是一个发展相对滞后民族。直至20世纪40年代，这里仍基本处于原始社会时期，铁器的使用还处于初级阶段，尤其大件铁农具，还没有全面推广。

中华人民共和国成立之后，拉祜族人民一步千年，从原始社会直接进入社会主义社会。由此，他们也被称为“直过民族”。

半个多世纪以来，在中国共产党领导下，拉祜族各项事业迅速发展，但是，由于种种原因，直到21世纪初，他们仍处于贫穷之中。

拉祜族民众大多生活在半山腰以上地带，环境封闭、内向害羞、自信心不足。他们受教育程度普遍较低，即便到了2016年，全民族人均受教育年限也只有5.8年，明显低于全国平均水平。

酒井乡村民马正发，单家独户居住在半山腰。他起早贪黑，苦苦劳作，但由于缺乏技术，农作物产量不高，全年的收入，勉强填饱肚子。

下允村帮腊组的卫成金说：“世界上比我穷的人没有了。”是的，他13岁那年，父亲因病亡故。16岁时，母亲又患癌去世。他排行老大，带着4个孤儿弟妹，吃稀饭、住烂房，饥寒交迫，艰难度日。

蒿枝坝村的刘里保有两个儿子，都幸运地考上了大学。村民们上门庆祝，他却因为学费愁白了头。年年借债，累计已达5万元。深山夜静，夫妻俩不怕鬼敲门，只怕讨债人。

36岁的张六金也是蒿枝坝村人。他刚刚出生，父亲便病逝，随后母亲改嫁，只能由大伯收养。10岁时，大伯也辞世了，他只好外出打工养活自己。好不容易长大成人、娶妻生子，但儿子四五个月时，手掌上长出了一个黑紫紫的血管瘤，像一枚小硬币！张六金夫妻带着孩子四处求医。医生摇摇头："这里治不了，你们去昆明大医院吧。"到昆明后，医生说需要手术费3万元。夫妻相顾无言，只好放弃治疗。

回家的路途中，夫妻俩几度抱头痛哭。

四面青山同情地看着他们，也在陪着叹息，陪着痛哭。

……

日子黑黑白白，季节青青黄黄。

时间沉默着，也沉思着，似乎在等待着什么，期盼着什么。

是的，已经进入新时代了。

等待和期盼，不会太久！

《云南写生 2》 陈流 油画

第一章　本是同根生

两汉时，拉祜族先民曾活动于滇东，后又迁居滇中。三国至唐代，生活在今大理州巍山等地。公元八世纪，云南南诏政权崛起以后，拉祜族先民被迫大规模南迁，逐步形成了今以澜沧江流域为主要聚居区的分布格局。

由于拉祜族不断南迁，所以其服饰既有北方民族的特征，又具有南方民族的特点。高开衩的长袍是甘青高原妇女服饰的典型款式，而婀娜多姿的短衣筒裙型，则为南方民族的常服。

黑色被拉祜族视为勤劳、尊贵、典雅的象征。因此，传统拉祜族服饰均以黑色为基调。

1. 赤脚少年

1955年11月16日，朱有勇出生在云南省个旧市卡房镇。

这是一个贫穷又偏僻的少数民族聚居地，位于红河边，离市区23公里，去昆明则有320公里之遥。

小小的朱有勇，开门见山。

这里地处云贵高原南端，地势高耸，属于深山区。幸好有一条公路穿境，还不算闭塞。镇上有火把冲河、田心河流经而过，用水较为便利。那是小镇的血脉，更是斯民的乳汁。

卡房一带锡矿丰富，是世界上较早生产锡金属的地区之一。《汉书·地理志》载“南乌山出锡”。南乌山，即是卡房、老厂一带矿区。卡房，还是中国青铜文化源头之一，这里有著名的黑蚂井古墓群、冲子坡古矿冶遗址，出土的汉代铜俑灯系国家一级文物，人物造型和装饰具有鲜明的西南少数民族特征，是青铜文化的典型代表。

这里居住有彝、汉、苗等民族，其中少数民族占比过半。彝族的火把节、苗族的踩花山、汉族的舞狮耍龙，还有芦笙舞、烟盒舞、竹竿舞、对山歌、吃火草烟等风俗，颇具民族特色。

五彩斑斓的少数民族舞蹈、服饰，是朱有勇童年里深刻的记忆，也是灵魂里永远的芳菲。

记忆深刻的印象，除了民族风情，还有生活贫穷。

父母共生育6个儿子，只存活5人，其中第二个儿子在3岁时夭折。那还是中华人民共和国成立初期，孩子半夜发高烧，面色红肿、啼哭不止，但由于山高路远、没有药物，父母只能用民间土方子施治。两天后，高烧不退。眼睁睁地看着孩子逐渐哭声微弱，在自己怀里死去，朱有勇的母亲哭成了泪人。

朱有勇排行第四。父母取名“勇”，是冀望儿子有勇有谋，成为一个健壮儿郎，能靠自己的力气生活，一辈子不再饥饿贫困。

家穷无鞋，常年赤脚在山路上奔跑，小小的朱有勇脚底板磨砺得又厚又粗、灰黑生硬，似猫爪、如猪脚、像牛蹄，格外耐硌，即使走在尖削的石子路上，也浑然不觉。

9岁那一年，母亲给他买来了人生的第一双鞋——一双塑料凉鞋。他高兴地抱着鞋子，绕村跑了一圈，再小心翼翼地穿上。习惯于自由的双脚被软软的塑胶套住了，别别扭扭，极不舒服。

不穿鞋可以，但吃不饱不行啊。

那时候，生产队只是种玉米、水稻和马铃薯（云南人习惯称为洋芋）。品种不多，产量也不高。水稻每亩只有一两百公斤的收成，而马铃薯长得像鹌鹑蛋、羊粪球，亩产只有六七百公斤。由于吃食少，朱家一天只吃两顿饭，午饭就省去了。每天中午放学时，朱有勇的肚子就饿得咕咕叫。没有办法，他只能眼巴巴地望着西天，盼着太阳快快落山，吃晚饭。

朱有勇10岁那一年，村里来了几位农科所的技术员，手把手地教村里人插秧。

插秧，祖祖辈辈不是都这么插吗？不管在保水田，还是雷响田，插上“梅花秧”——秧苗不规则，像花瓣一样散开。

技术员说：“插梅花秧不高产，要改为双行调栽。”

村里人半信半疑，只好照着样子插秧。

到收获时，产量果然翻了一番！

全村人惊呆了。

朱有勇也瞪大了眼睛：科技如此神奇！

为了填饱肚子，朱家男女老少搞生产。父亲干活不惜力，又有技术，被公社供销社的豆腐店聘用当工人，每个月可拿30多元工资；母亲缠过脚，三寸金莲没有气力，干不了重活，便担负全部家务；奶奶是苗族妇女，天足，就在自留地上种菜、种玉米。

朱有勇呢，则是一个砍柴好手。他个头不高，但坚韧灵敏，一把刀一根绳子，不消一个时辰，便会砍下一大片木柴，再码齐捆好，扁担两头一挑，吱呀吱呀挑回家。

这个精明能干的小哥哥，很快就成了小伙伴们的“头人”。他挺有计划，今天砍哪座山，明天砍哪道坡，保证每个人都能砍够两大捆。大根的木柴，还需要干草引火物啊。他又开动小脑筋，提醒小伙伴，今天砍柴，明天捋几扎松针，后天割草晒干，再背回来。

毕竟是小孩子，还是贪玩。

放学后，或砍柴回家后，朱有勇总是下河游泳。

母亲害怕儿子溺水，屡屡下禁令，可这怎能阻止小孩子的野心呢。母亲的盯梢躲得开，但检查躲不开呀！朱有勇回家后，母亲每每把他拉过来，张开五指，仿佛猪八戒的九齿钉耙，在他手臂上抓一把。若手臂上呈现出几道白印子，便是无言的招供，母亲的惩罚立施不贷，马上抄起棍子，打屁股！

吃过几顿打，朱有勇智慧陡然增长了一轮。他又“发明”了一个好办法：游泳完了，就去跑步，直到浑身大汗再回家。这样便可以逃避母亲的“五指检查”。

儿子是母亲的心头肉。每每看到儿子汗淋淋地回家，第六感告诉母亲：这小子肯定又去游泳了。她一把拉过儿子，卷起他的裤腿，张开“五指耙”，小腿大腿上下抓过，竟然没有以往游泳后泛白的印痕。母亲满腹狐疑，但一来无证据，二来门口依然堆放着新砍来的木柴。

小顽童最终斗不过老法师。几次过后，朱有勇的“逃耙术”最终还是被母亲识破了。母亲愤怒之余，抄起木棍就要打。他撒腿就跑，像一只梅花鹿，直接钻进了树丛。

吃饭的时间到了，他仍是不出来。天黑了，还是不见人影。

母亲着急了，便央求小伙伴们传信，让他快快回家，保证不会“用刑”。

于是，夜色浓浓中，他像一个胆怯的小刺猬，蹑手蹑脚、怯怯懦懦地挪进了家门……

2. 生产力

中学时期，朱有勇果然长成一个健壮小伙子。

读高中时，正值“文化大革命”时期，学校教学不太正常。放学后，他就帮着家人在自留地里干农活。

周末或假期，朱有勇和大人一样，在生产队里出勤务工。大人每天10个工分，他可以挣6分。年底，大家依照工分领取粮食。

过完春节，家里就开始准备种马铃薯。

土地肥力不足，必须多多施加农家肥。村里有一个公共茅厕，但家长们都严禁自家的孩子前去“贡献”，因为家中自有粪屋。他们都在家里搭起一个茅草房，房里挖一个深坑，坑里填一些每天做饭时产生的灶灰，坑上放置两条石板或两条木板，以便双脚踩踏。拉下的粪便，与下面的灶灰一起发酵。

这又臭又脏的一堆堆一坨坨，正是农家的“宝贝”呢。

为了营造这些“宝贝”，男人们每天晨起的第一件事，就是用木桶收集自家的牛尿，用竹簸箕收集自家的牛粪和猪粪。牛粪和猪粪混杂在一堆，加上人屎和灶灰，担到晒谷坪里，晒干，就是农家人上好的肥料了。如果在上面泼上牛尿或人尿，肥力就更劲爆了。

村民们不分男女老幼，在路上见到牲畜的粪便，都会如获至宝

《礼赞大地 2》 陈流 水彩

地兜回去。有时，男人恰巧没有带木桶或箩筐，便会脱下自己的帽子来盛装，甚至用双手捧回去。

有人问："不臭吗？"

答曰："臭什么？宝贝呢！"

这时候，问者和答者往往都会笑起来，坦然无妨。

……

朱有勇的父亲，还常常到别人已经废弃的破房子边锄旧墙，将其敲碎，作为花生的肥料。

他说这种墙泥里有石灰，用来种花生，花生会多子且饱满。但旧墙太硬，像水泥，抡圆了鸡公锄，锄下去，往往会震得双手发麻，却锄不下鸡蛋大小的一块来。黄昏时，锄头落处，火星四溅。一般人，谁会如此吃苦呢？

父亲说，撒下石灰粉，不仅有利于花生生长，还能防田鼠，因为石灰有呛味儿，甚至能把田鼠的眼睛烫伤。

这，也许就是最原始、最纯朴的生物杀虫法。

朱有勇经常协助父亲施肥。施肥时，他在胸前挂一个粪箕，装满干粪。先用锄头挖一个坑，再用手投一把干粪，接着放进种子，而后敷土。一天下来，灰头土脸，汗渍模糊，只有一双眼睛，愈加地黑白分明。

青黄不接时，人们总有几天断粮。

特别是小麦收获前，饥饿最厉害。

小麦和水稻收获之间，有一段空窗期，只能种马铃薯。马铃薯四五月种，七八月收。

他们种的是马牙科马铃薯，只能长到拳头般大小。这个马铃薯品种最怕下雨，只要连续阴雨三五天，肯定患染晚疫病，叶子枯萎，犹如霜降。正常年景可亩产一吨，遇雨则收成减半。

朱有勇想，谁能治好这个病，谁就是科学家。

粮食收成少，马铃薯产量高。于是，村民们都以马铃薯为主食。虽然这东西并不耐饿，但朱有勇还是最喜欢吃。每每干完累活儿，一口气就能吃掉十几枚。

有一次，伙伴们无聊，比赛吃马铃薯。朱有勇敞开肚皮，竟然吃下一木桶马铃薯，轻松获得头奖。

3. 狗街知青

1974年7月，朱有勇高中毕业。

他念过书，父亲又挣着工资，虽然仍是农民，却相当于城镇户口，所以就被安排到附近的狗街生产队当知青。

狗街全是苗族人，共54户，190多人。

朱有勇新来乍到，大家交头接耳，叽里咕噜。他像听“鸟语”，一脸茫然。

慢慢地，看表情、打手势，揣摩对方说什么。不长时间，他就可以和苗族兄弟姐妹们谈天说地开玩笑了。

寨子里有9名知青，除了朱有勇是农民，其他都是城镇户口。

看着知青们一个个白白净净、洋洋气气、玉树临风，村民们心里犯疑：“这些城里来的白面书生，会干农活？”但那个年代，知青们虽然娇贵，却也蛮能吃苦。他们和村民们同吃同住同生产，很快就融入了这火热的生活。

尤其是朱有勇，干起活来，比地道的农民更地道。

他体重50公斤，却能挑起100公斤的担子。犁地技术甚是纯熟，他轻声呼唤着黄牛，竟带有几分亲昵，像和老朋友在交谈。他绝不吆喝恶骂，或者这个19岁的知青，内心压根儿便没有吆喝的粗野。他的口气和步子，总是不徐不疾。黄牛呢，也不急不躁地拖着犁，尾巴左甩一下，右甩一下。土垡乖乖地向两边翻开，像一波波浪花，似一道道山脉。有时候，播下种子了，还要把这些垡沟耙平，他便扶起齿耙，又呼唤着黄牛，一转一转地，不知不觉间，一大片起起伏伏便被荡平了，像一块平展展、毛茸茸的地毯。

村民好奇地问："你使什么魔法了，牛这么听你的话？"

他笑一笑，做一个鬼脸。是的，放工后，别人都呼啦啦抛下犁耙，下河游泳，树下打牌，或找个阴凉处，帽子盖脸，呼呼地睡觉。而他，牵着黄牛，总是找一片嫩草，让牛吃饱。牛歪着嘴、埋着头，安闲地咀嚼着，有时抬头看他一眼，满眼感谢。他轻轻地抚摸着牛头，笑着与它对望，而黄牛也咧开大嘴，满脸憨厚。有时候，黄牛看不见他，便会六神无主地哞哞叫，仿佛缺失了精神和信仰一般。

有了这样的情感基础，黄牛们自然听他的话，看他眼色，任他使唤。这时候，别人再牵去耕地，如果不客气，并加以吆喝，它肯定会踢腿摇头撒野，不情愿、不合作。

他和黄牛，是一对打不散的好朋友！

这个有两下子的知青，很快就在寨子里走上了"仕途"。

第一年，他被任命为生产队出纳，掌管财务大权；第二年，直接担任了生产队队长。

那一年，他刚刚20岁！

朱队长上任后，除了召集全寨人开会宣传党的政策之外，主要精力就是极力搞活生产。

常规的农业生产之外，他还在琢磨着开辟财路呢。

在这个山高皇帝远的边陲之地，他迸发出一种初生牛犊不怕虎的精气神。

最终，他实施了三个绝招：包工、修路、做饭甑子。

那时候，国家还没有实行计划生育政策。育龄妇女们顺其自然，怀孕就生，往往一年一胎。几乎每个家庭都生养八九个孩子，少的也有四五个。

妇女产后，七八天就下地。孩子呢，用背带捆一下，放在地边，任意爬，像泥猴。

不赚工分，年底就分不到粮食哪！

反正是集体出工，吃大锅饭，个个掖着力气，不肯多干。

妇女们孩子多，时时需要喂奶，干活效率格外低下；男人们呢，有些本来就生性懒散，干公家活更提不起精神，常常干一会儿抽一锅烟。大半天下来，水田汪汪的，插秧还不到一半。

朱有勇心急如火，但着急也不能怒骂呀！

于是，他想出了一个法子：计件包干。

他找来一个车轮的废钢圈，挂在村中心的皂角树下。上工时间，他就抡起锤子，敲响钢圈。“当——当——当——”洪亮的钟声嗡然响起，像口令，似号角。

一会儿工夫，全寨子的劳力都出来了，站在周围。

然后，他就用苗语部署任务，把当天的工作分成若干单元，让各自的小组长带队，谁干完谁就收工。

虽然工分没有增加，但工作已经分配到了每个小组每个人的头上，干不完不计工分，早干完早回家。于是，妇女们急急地安置好各自的孩子，男人们也不在田边抽烟了。每人心里都舞动着一条鞭子：快干，快快干，干完回家！

同一块田地作业，过去要干三五天，现在只需要一天。

计件包干成功！

此后，生产队要播种啦，除草啦，朱有勇都按这个办法分配。这样一来，再不见"一个人干，两个人看，三个人找麻烦"的情形了。原来的生产效率像慢腾腾的老爷车，现在却变成了急匆匆的轻骑兵。

干活顺畅了，人力富余了，不正好搞副业吗？

狗街和周边的行道都是石子路，耐不住人车行、牲畜踩、雨水冲，小碎石陷进泥沙里，或散落到路边去了，路面常常变得坑坑洼洼。附近有一个养路段，时时组织人力，给坑洼地方填补碎石。

朱有勇每天走在石子路上，盯着路面。别人也盯着路面，只是挑不硌脚的路面走路。而朱有勇，透过路面，却看到了背后的奥秘：烂路多，运碎石的车子不够。这不正是赚钱的好门路吗？

朱有勇提议生产队买回两辆马车。这两辆马车，每天给养路段拉碎石，每车每月可赚回100多元。

两辆车，月赚200多元。

这在当时可是一笔巨款。

苗族老百姓十分纯朴、憨厚。他们习惯于每天习惯了的事物，田地、花草、天空，年年一样，祖祖辈辈一样。

而朱有勇，有一双聪敏的眼睛。许是知识给了他更广阔的视野，许是队长的职责让他有了压力进而升腾了智慧，他如同老鹰一般，竭力地搜寻着种种可以致富的目标。

狗街有很多木棉树，当地叫攀枝花，粗粗硬硬，挺拔苍劲，在落光叶子的春天，会突然爆出一朵朵火焰般的红花。

苗族人取红花煮水喝，可下火；收集果子裂出的絮状物，做枕头。

那枝干除了做柴火，还有它用吗？没听说过。

朱有勇深思几天，终于发现了“新大陆”。

他告诉大家：“攀枝花树干可以做饭甑子，有气孔，天生的好材料呀！”

攀枝花树锯回来了。他组织寨子里几个木匠，把树截成段，挖去树心，内外加工，做成一个木桶状的有屉无底的蒸笼。

朱有勇惊叹：“苗族乡亲手艺真好，一把砍刀，就能做出漂亮的饭甑子。”

镇上的居民争相购买。

那时没有电饭煲，米饭、苞谷饭用这个蒸，轻便透气，还结实耐用。

饭甑子源源不断地做出来。朱有勇鼓励村民拿到集市上出售，半天时间，所有产品全被扫光。

这在当时是一个十分冒险的做法，随时都有可能被“割资本主义尾巴”。但由于出售者都是贫下中农，竟然也没有惹起风波。

饭甑子做出名气了，公社供销社找上门来收购。供销社需用量

《礼赞大地 3》　陈流　水彩

大，即使以优惠价批发，也是利润滚滚。

原本，生产队一个劳动力工分值一角六，包工、修路、饭甑子这“三板斧”发力后，每个工分涨到了六角三！

这样，年底的时候，家家户户都可以分到钱了。工分少的人家，可分三五十元，工分多的人家，则可以分到三四百元。

朱有勇这个知青生产队长，一下子成了狗街的红人。

他走到大街上，村民们都会簇拥上来，主动向他献计献策，商量生产队的事情。

4. 火塘酒

全寨54户人家，东西南北相隔，最远的要走半个钟头。

朱有勇白天忙生产，晚上还要走家串户，上门做工作，与村民们联络感情。

苗寨每家每户都有火塘，长年不熄。火塘在厅堂中心位置，比地面稍低，横七竖八地架着柴火。上面支一个三脚铁架，放上一口锅，可做饭，可烧水。

熊熊的火焰下，是红红的炭。冬天里，一家人环坐，烤火取暖。

火塘亮闪闪，屋内不用点灯，可省下奢侈的煤油。

火塘上的屋顶吊着干玉米，摘两穗下来，扔进热灰里，几分钟后，“嘣、嘣嘣”的几声炸响，玉米熟了，香气袅袅袭人。赶紧夹出来，吹掉白白的灰，扳几颗，扔进嘴里，轻轻嚼，唇齿生香。

朱有勇和村民们嚼着玉米花，喝着火塘酒，天南地北地聊天、讲鬼故事。

夜深了，“瞌睡虫”袭来，眼皮打架。天气冷，被子薄，人们在火塘边躺下就睡。

床，还算不上床，在火塘边分别置放两块木板，铺上竹篱笆，就成了床。有时没有竹篱笆床，朱有勇就铺一张破旧毡子，在火塘边躺下，过夜。

入户到哪家，就睡哪家。男女老少，在火塘边倒头便睡。

那年月，不温不饱，但个个纯朴如兄弟姐妹，竟没有男女授受不亲的戒备。

在苗族人心中，火塘是圣洁之地。

火苗翩翩起舞，鼾声此起彼伏……

在狗街，朱有勇学会了喝酒。

苗族兄弟和拉祜族兄弟一样，生活中缺不了酒。节庆活动要喝酒，说亲结婚要喝酒，离婚也要喝酒，调解纠纷更不能不喝酒。

当地人酒歌这样唱：

一年三百六十天，
哪天日子好？
今天有客今天好。
摆开酒席大家喝，
开怀畅饮喝个饱。
喝酒是为了欢笑，
喝酒是为了友好。
酒坛摆得像石堆密密麻麻，

酒碗摆得像鸡枞层层叠叠。
一口分作两口喝，
喝了要友好。
…………

当地人家，家家户户都有烤酒工具。一家烤好酒，分给全寨喝。

外人来做客，主人先倒一杯酒招待。客人必须喝完以示尊敬，不会喝酒，也要沾一口。

喝酒不醉是孬人，扶醉归来喜可掬。

但是，寨子里家家都很穷，无钱买酒，只好买酒精兑水喝。那酒精，来自甘蔗渣。三毛钱买一斤甘蔗酒精，兑两斤水，就成了酒。

朱有勇是队长，到了村民家，大家都会敬酒。

喝的多了，酒量大了，名气也大了。

哪家娶媳妇，都叫他做陪郎，帮忙送聘礼。

苗族人结婚，要杀一头猪，劈成两半，一半送到女方家当聘礼，一半拿来请客。

朱有勇和陪郎们把半头猪送到女方家，正要回去，热情的女方家长会一把拦住，给每人倒上满满一碗酒，必须一口喝下，才能离开。

这并非刁难，而是主人家的热情。在苗族村寨，酒是家里必备的常品、是待客最基本的礼物。

按照当地习俗，如果少给客人喝酒，会招人看不起。同去的陪郎，有时五人醉三人，有时全卧倒。只有这样，女方娘家人才最开心，才能赢得街坊邻居的称颂嘉许。却之不恭，朱有勇只有端起大碗，一口喝下。40多度的烈酒啊，一碗一斤。天啊，谁受得了？

红灯笼模糊了，人影恍惚了，脑壳混沌沌，脚步轻飘飘，走路“之”字形，身体摇晃着，踉踉跄跄。

撑住、撑住，不能倒下！

男方还等着新郎、陪郎们接新娘回去呢。除了接新娘，还要背木箱子，因为女方家里还要陪送一床被子。所以，不能醉倒，一醉误大事啊！

朱有勇撑住了，但有的陪郎坍塌了。他除了背木箱，还要把醉得像死猪一样的陪郎扶回去。

一回、两回、三回……一碗喝下一斤酒。摇晃，摇摇晃晃，摇晃了再喝，朱有勇竟没有醉倒过，走路沉稳，稳如木棉树干。

朱有勇是喝不醉的陪郎，个个抢着找他。

朱有勇的身体仿佛铁打的，喝兑水米酒，没有倒下；喝生水，也没喝坏肚子。

寨子属喀斯特地区，雨季里溪流满山，清清澈澈，但到了旱季，水只能滞留在池塘里。

过完春节，进入旱季，池塘里水少而浑浊。

每天放工以后，朱有勇就去挑水。从寨子到水塘，要走40分钟，每天来回两趟。到了水塘，唇焦口燥，抄起葫芦瓢，满满舀上来，不管三七二十一，咕噜咕噜喝下。

妈呀！舌头、口腔、上腭，如触电般，有一点点的酸酥感。

是什么东西在胡窜乱撞?

赶紧吐出来。蝌蚪，是蝌蚪!

水太浑浊了，全然看不到灰溜溜、滑溜溜的小蝌蚪们!

朱有勇喝过不少类似的浑水浊水，但从不得病。

直到知青回城，他才开始真正喝上热水。

5. 笔杆子

寨子后面，全是竹林。

1975年8月，也就是朱有勇当知青的第二年，寨子里发生了一件好人好事：有一个农民捡到五分钱，主动交给朱有勇。

这是边疆少数民族人民拾金不昧的好典型啊！爱好阅读和写作的朱有勇兴奋异常，以《青青的凤尾竹下》为题，写了一篇通讯报道，投稿到《云南日报》。

稿子寄出去，朱有勇也没有抱多大希望。但是十多天过后，一个知青摇晃着一张报纸，兴冲冲地跑来：“好消息、好消息，你的稿子见报啦！”

居然发表了!

朱有勇头脑一热，幸福的晕眩感猛然袭来。

农村生产生活每天忙忙碌碌，虽然十分充实，却也单调枯燥。朱有勇偷偷地想打开另一扇门，当作家、写小说。每晚忙完农活，在煤油灯下，他开始走进文学的世界。他读过《红旗谱》《红日》《创业史》《虹南作战史》等文学作品，还读过一些手抄本。对浩然的长篇小说《艳阳天》，印象尤其深刻。三四十年后谈起这本书，他还清晰地记得其中的人物和情节。

一篇千字小稿，太小了，只占了报纸一个角落，但在这个偏僻的寨子里，却是一个大新闻。

大家都在称赞他。原来只知道他能干活、力气大，只是没想到，他还是一个笔杆子。

朱有勇，还粗通医术。

寨子里没有医生、没有药物。一个偶然机会，朱有勇得到一本赤脚医生手册。

他如获至宝，便细细研读，熟记药名药方，并尝试着给村民看病：感冒了，就找中草药，煲水喝；发烧了，就刮痧；皮外伤了，就到地边挖来红根小黏药，捣成泥，敷上；肚子疼，就扎银针。

朱有勇又成了"神医"。

村民们生病了，都来找他。

6. 狗朋友

寨子分上寨、中寨、下寨，逢开会、组织学习，都要家家户户去通知。

晚上，生产队长朱有勇提着马灯，走遍了3个寨子。距离最远的人家，要走半个钟头。那时手电筒还是稀缺物，只有这带罩子的马灯，风吹不灭。

走进寨子，"迎接"他的首先是汪汪叫的狗群。

面对这个陌生来客，土狗们毫不客气，悄悄扑上来，撕扯裤子，猛咬一口，皮肉血淋淋。

寨子里，家家户户都养着土狗，有的还养两三只，全是放养，呼啸来去，咄咄逼人。

要进寨子，狗是躲不开了。

总是敌对也不行呀！怎么能够与狗交朋友呢？

朱有勇发现，狗最怕人弯腰。只要人弯下腰，它立马就跑。于是，朱有勇炒一把爆米花，装满裤兜儿。狗追着吠叫，他就扔几颗，狗闻一闻，便咕嚓咕嚓地嚼得起劲。吃过两三次，狗就认识他了。下次再去，狗们不叫也不咬了，还摇着尾巴，满脸微笑地欢迎他。

能干活，能吃苦，能和土狗打交道。朱有勇没有想到，这成了自己一辈子的财富。

第二章 “嫁给”农业

葫芦，是拉祜族民众的图腾物。拉祜族也称“朋雅佩雅”，意为“葫芦的儿女”。拉祜古语“比蒂朋雅”，则意为“人们都是从葫芦里出来的”。

他们还有一句著名的谚语：“说千来了说万来，打开葫芦人类来。”

拉祜族创世史诗《牡帕密帕》中，记载了葫芦育人的传说：

至上神厄萨，创造了天地日月后，在一棵大树下种了一粒金色的葫芦籽，精心培育。当葫芦成熟时，麂子受惊，踩断了葫芦藤，葫芦不知去向。

厄萨历尽千辛万苦找寻，到了“七山七水汇合处”，看见葫芦在水里漂来漂去。于是，先命鱼、马鹿打捞，未成功，又命螃蟹将葫芦拖上岸。

这时，厄萨听到葫芦里有人的声音，便命小米雀和老鼠啄开葫芦。

这时候，始祖扎迪和娜迪从葫芦里走了出来。

之后，他们结为夫妻，繁衍后代。

从此，有了拉祜族。

拉祜族最盛大节日之一的葫芦节，就源于葫芦崇拜。

拉祜人的日常生活都离不开葫芦。他们用葫芦保存籽种，为的是不易受潮，也象征着五谷丰登；他们喜欢把水盛在葫芦里饮用，不仅因为这样的水清凉甘甜，而且人们相信葫芦水会使人健康长寿；拉祜人的房屋、生产工具、衣物上都有葫芦标志，表示吉祥如意；拉祜人还把葫芦制成各种用具，如瓢、碗、勺、芦笙等。以前的成年拉祜男子出门，身上至少要带3个葫芦，一个装水或酒，一个装火药，还有一个就是芦笙。

他们还习惯在小孩的帕子和衣领上钉上葫芦籽，认为这样鬼魔不会挨身。

不少人把葫芦当作家庭富裕的标志，摆在门前或吊在屋梁上。

……

7. 上大学

每天清早，朱有勇扛锄头出门，天黑才回家。

种地，管理生产队，发展副业。工分提到六毛三了，但他似乎还不满足，还要继续寻思副业的新路子。

知青生活从哪天开始，好像不记得了；到哪天结束，也没有想过。

1976年3月，一纸文件下来，第三批招工回城。

名单中，竟然有他！

因为表现突出，他被破例招工了。

村民们纷纷涌进朱有勇的小房子，问：“你要走了吗？你要走了吗？”语气火烧火燎，眼神迷迷蒙蒙，仿佛要与亲人分别。

夜晚的火塘，炭火红红。朱有勇提着马灯，一家一家地登门告别。满满斟一碗酒，仰头喝下。

恋恋不舍中，他离开劳动了近3年的狗街，结束了知青生活。

回城后，朱有勇被分配在个旧市贸易公司，担任售货员。

公司楼高7层，是个旧市的地标建筑。

他在一楼卖糕点。吃上国家粮，月工资36.3元，很多人投来艳羡的目光。

稳定的工作，丰盈的生活，愉悦的心情。一年以后，朱有勇的体重增长了20多斤，精瘦单薄的身材变得精壮挺拔，脸上的“太阳黑子”也随之消失，变成了一位白白净净、文质彬彬的英俊青年。

1977年10月下旬，22岁的他突然收到一个好消息：国家要恢复高考了！

他狂奔回家，翻箱倒柜，找出课本。厚厚的一摞，按初中、高中分类，每本书都包上书皮。

高考中断10年了，何曾想过还有机会上考场呢？

加油！加油！

最早上班是他，先复习一章；最迟下班也是他，再复习一章。每个夜晚和凌晨，他的宿舍窗户透射出的灯光，就像天边的星星，远远的、小小的、闪闪的，但那是执着的、穿透夜空的光明！

12月10日，复习一个月后，朱有勇走进考场。

考点破旧，没有大门，考场的窗户玻璃也残缺一半。每个考场都坐满了人，年少的、年长的，信心满满的、惶惶不安的。他们都是堆积了10年的高中生啊！

离开学校好几年了，复习才一个多月，能考上吗？朱有勇内心打鼓。

但，这是宝贵的人生竞技舞台，不能退，只能进！

写、写、写……高考试卷上，易答题，他一丝不苟地填写；难题琢磨一番，也答满了。

走出考场的那天晚上，他做了一个奇怪的梦：自己要到田野里去，路过一片草地，平地如毯，草叶短短。他迈开轻快的步子，走过去，谁知一脚踩下，陷了进去，不能自拔……他“噔”地惊醒过来，头上冒汗，心扑扑跳。

几乎相同的梦，每晚都在重演。

这是等待录取结果的焦虑吗？朱有勇不知道。

一个多月后，一封加急信函发来：录取通知书！

手微微颤抖，封口撕了几次才撕开。

云南农业大学！

他内心冰凉，如坠冰窖。

当时，随着年龄增大，他已经捐弃别的梦想。他最大的愿望就是考上理工科，将来当设计师、工程师。虽说农村的天地无限广阔，但他渴望更大的奔头呀！

由于前些年国家“备战备荒”的政策需要，当时的云南农业大学搬进了昆明市寻甸县的山沟里，距离县城还有10多公里。他在农村生活了21年，回城刚刚一年多，已经感受到了城市的现代和新鲜气息。城市里有书店、电影院，有马路，有楼房，有万家灯火。

他想在城市里编织自己的浪漫梦想！

他计划复读，来年再考，但很快获悉，凡考取的学生，如不服从专业调配、不入学，明年不得再考！

考上云南农业大学，已然不易。根据录取概率，只有五十分之一，等于一个考点只录取一人！

虽然上不了理工科，但终究是大学啊。朱有勇赶紧收拾行装，就读植保专业。

以前一边劳动一边零散看书，现在却是脱离工作、专业读书，这是一辈子最好的机会了！

他抛弃失落感，倾心学习中。书包里永远带着几样东西：一支蜡烛、一盒火柴、几册课本、一个饭盒。

夜晚11点，宿舍熄灯。这时候，朱有勇就把书本拿出来，点亮蜡烛，一直读到深夜。

早晨，他仍是早早起床，背诵英语。口袋里总是掖着一个个纸条，上面写满了英语单词。只用了两个月时间，就把整本英语书背诵得滚瓜烂熟。

课本背诵了，再背词典吧。于是，一页一页，把整本英语词典也全部背下来了！

英语、遗传学、化学，每册课本，他全部能背诵，统统会默写。

他这个能背词典的“学霸”，自然是优秀学生，是课代表，每次考试都在95分以上。

毕业的最后一年，他光荣入党，全班仅两人。

品学兼优的“学霸”，留校任教。

8. 水稻“癌症”

在云南农业大学，朱有勇遇到了一生的恩师。

他留校任教后，感觉农学的各门课程越深入越有味，但越深入，又自觉差距越大，于是，他决心继续报考并攻读硕士研究生。

段永嘉先生，便是他的导师。

段永嘉，辽宁沈阳人，1910年3月生，1931年考取日本北海道大学，求学6年，主攻植物病理学专业，学成后归国。抗日战争爆发，他辗转江苏、广西等地，教授农学。1944年，受云南大学校长邀请，执教农学院。1971年，昆明农林学院与云南农业劳动大学合并成立云南农业大学，段永嘉出任植保系主任。

他，学者气浓郁，平时梳分头，整齐光亮。冬季时常穿一件毛呢大衣，在粗布群里卓尔不凡。

他，性情豪爽，教学严格，待人亲热，身教重于言教，经常手把手地传授。

当时，云南农业大学计划组建云南省植物病理重点实验室。实验室研究植物病毒，过去仅靠显微镜，对小部分病毒常常会“看漏眼”。如果购进透射电镜和扫描电镜，两者匹配，可将研究标本扩大视野100倍，也能够发现更多的病毒。但这套设备价格昂贵，需要100多万元。这在当时无疑是一笔巨款！

段永嘉以科学的洞察力，力争学校购入这套先进设备。由此，打破了云贵川藏的空白，为实验室的未来研究打下了基础。

此后，云南农业大学的病毒研究走上快车道，成为全国高地，培养了一大批拔尖人才，其中就包括朱有勇。

其实，自从入读云南农业大学，朱有勇便成为段永嘉的课题组成员，跟随导师研究稻瘟病。

稻瘟病俗称水稻“癌症”，又名稻热病、火烧瘟、叩头瘟等，由稻瘟病原菌引起，贯穿水稻的整个生育期，为害秧苗、叶片、穗、节等。其分布遍及世界稻区，是稻作生产过程中的主要病害。流行年份，一般减产10%—20%，严重时达40%—50%，局部田块甚至颗粒无收。

全世界研究水稻病毒的课题，大部分围绕于此。

按照老做法，农民就是长期、大量地喷洒农药。而大量喷施农药，导致病原菌拼命地抵抗、变异，病原体抗药能力会越来越强。结果，毒了田地，毒了稻米，毒了吃稻米的人。

1977年，我国科学工作者曾在上海市测验过人体内“六六六”农药的含量，结果每公斤体重含有9.52毫克。这一浓度，比日本高3.7倍，比印度高5倍，比美国高100倍。

农药灭虫，是一个美丽的肥皂泡。

19世纪，科学家偶然间合成DDT农药，在“二战”期间开始大量使用。近百年来，人类越用越多，农药越用越猛。结果，虫子死了一只来了一群，死了一群来了一族。

世界上并没有哪一种害虫可以被农药灭杀精光。

稻瘟病，是一个世界难题！

在攻读硕士的日子里，朱有勇跟随导师，更进一步地摸清了云南省稻瘟病的主要特征和分布。

他们在近千个品种里，用7个不同群生理小种的稳定菌株划分品种类群，再挑出30个广谱抗病品种供抗病育种部门使用。

面对这个复杂深奥的世界，朱有勇十分好奇，又异常茫然。云南的父老乡亲们世世代代种水稻，哪知道背后还有这么多玄机呢？

段永嘉教授特别喜欢和爱惜这个勤奋的学生，经常广泛而深入地向他讲解，帮他打开一扇又一扇知识门窗。为了让他更加开阔眼界，段永嘉还经常介绍他与日本著名稻瘟病学家交流探讨。至于中国农业科学院和中科院昆明植物研究所的专家们，更是他们经常的座上宾。

白天，太阳是灯；夜晚，灯是太阳。

朱有勇日夜兼程！

9. 百年考题

1986年，朱有勇还在读研期间，便已开始研究并寻找控制病虫害的理论支撑。

在一次考试时，段永嘉教授突然抛出一个难题：追溯世界农业发展历史，依赖化学农药的历史不足百年。那么在几千年的传统农业时代，是依靠什么控制病虫害呢？

又是农药，又是病虫害难题！

可不用农药，怎么防治病虫害呢？

朱有勇和其他同学一样，面对考题发呆，都不能回答。

硬着头皮，他漫无边际地写满一页。

最后，朱有勇获得了1分的“辛苦分”。

这答不出来的题目，却点燃了他终生的兴趣！

世界各国科学家都主张选育抗病虫害品种，这是本领域科学研究的方向。正是沿着这个方向，朱有勇和大家一起苦干了10年，在稻田里尝试了近千个品种，积累了丰富的抗病毒资料和资源。

段教授的问题，恰恰是给自己指向了另一条路——利用生物多样性控制病虫害！

这是一个新的研究方向。因为当时的农业科技，就是瞄准农药的高端研发和推广，希望农民全面掌握各种农药知识。

他原以为，利用水稻本身的抗性控制病虫害，或许可行。于是，他进行了一系列利用遗传多样性控制病虫害的试验，但均没有效果。

他又迷茫了。

是的，100只小猪，如果都是一对猪父母所生，若一只生病，就会轻易地传染给另一只，结果是全都生病。但如果这100只小猪，是不同品种，总体病害就不会流行。

万亩水稻也一样，群体不能单一，即使一个品种生病了，其他品种总体还是健康的。否则，喷施农药也控制不住。

理论可以成立，但现实就是行不通！

有一次，朱有勇在红河州石屏县调研。

走进一个名叫张桂寨的村庄，他突然发现田里有一个奇怪的现象：农民把糯稻和杂交稻种在一起，而且长势良好。

当时，红河州普遍种植杂交稻，稻瘟病十分厉害。张桂寨也是以种植杂交稻为主，这里却毫无病态。难道这与间种糯稻有关系?

看到田间高高低低的水稻，朱有勇眼前一亮：高的是糯稻，比杂交稻要高出一大截，如果单独种植，容易倒伏。

他问农民："你们为啥这么种呢?"

农民："我们也不懂，上辈人传下来的。"

朱有勇敏锐地感觉到，这背后大有玄机。

混混沌沌许多年，朱有勇一下子有了新发现！虽然还不太清楚，但他似乎看到真相越来越近了。

那个晚上，他高兴得睡不着。

把它重复出来，重复出来!

只有能够重复并推广，才是科学。

他开始做田间试验。

他选中了距离昆明300多公里处的一块田地。那里雨水少，能尽快出结果。在朋友的帮忙下，他租下了一块3亩的稻田。

他开始做试验，每隔2行、4行、8行杂交稻，种上1行糯稻。

很快，他就发现效果最佳是4行杂交：杂交稻为糯稻挡风，可使糯稻不倒伏；糯稻又给杂交稻作屏障，阻挡稻瘟病的孢子传播，起到了物理隔离作用。

一年种一季水稻，自己一棵一棵地插秧。

每周都要去调查，看看稻苗是否生病、产量能否保证。一年下来，来回数十趟。没有科研经费，全是乘坐长途客车。

可是，第一年种植结果并不理想。

第二年依然如此，病虫害仍是严重。

第三年，控病还是不稳定，在10%—80%之间晃动。虽然有一点儿效果，具有统计学上的意义，但无法获取直接的结论。

第四年，仍然无解。

连续七年，试验均以失败告终。

10. 求学海外

在石屏县期间，朱有勇每年大年初四就下乡了，蹲在田间，盯着实验地。

那时开展的水稻多样性研究，还停留在遗传多样性和品种间的关系研究方面。每天观察哪个品种生病、哪个品种不生病，从相克相生的理论角度去分析，并未到达生物多样性的高度。

试验七连败，朱有勇十分迷茫。

在导师和同行的建议下，他准备出国留学。

当时，世界先进国家的农学研究早已进入分子生物学时代，而我们还是传统手段和观念。

他的目光，投向澳大利亚。

1994年4月，朱有勇赴悉尼大学，成为该校的一名访问学者。

对方提供给他的研究课题，是棉花病虫害。

这跨界课题，像一个迷宫，玄幻却又真实，迷乱却又有序。那个世界，人类目之不及，只有思想能够抵达，却又与现实世界的真理相通相接。

中国古代哲学家老子所言“道在蝼蚁”“道在屎溺”，至理也。在这里，朱有勇做病虫害防治实验，也做分子遗传学实验，还广泛地与国外同行交流。

澳大利亚明媚的阳光、完善的试验设备、多元的学术信息，让朱有勇呼吸到另一种新鲜空气，像一尾投身大海的鱼儿，像一只置身桑园的蚕儿。

这些研究，更像一块基石、一块高地，扎实和丰富了他的理论基础和板块，开阔和激活了他的学术视野和思维。

他一株一株地研究棉花的病毒基因，终于明白棉花致病的根本原因，在于抗病基因的相异性。

理论上打通了，可联想到自己在国内稻田实验的七连败，朱有勇还是不得其解！

一次，他聆听几位专家讲座。与会的国际水稻植物病理学专家Hei Leung表达了一个观点：生态学试验田，至少要100亩！

这犹如一道闪电，猛然掠过大脑。

朱有勇眼前一亮，脑洞大开：我的试验田，只有区区3亩地，根本没有形成小生态！

朱有勇多想在云南开辟100亩实验土地啊，在上面大展拳脚。

但是，身悬海外。

其时，他已在澳大利亚研究3年，开始做博士论文。

正在这时，他接到了导师段永嘉教授的电报。

段教授已经牵头成立国家级的云南省植物病理重点实验室，但他已年过八旬，有意让朱有勇回国挑大梁，共同攻关稻瘟病。

一周一封电报，老师催促回国。

一日为师，终身为父啊。

本来在悉尼大学的课题需要4年才能完成，但朱有勇决定提早结题，尽快回国！

11. 科学家有国界

在澳大利亚，朱有勇各方面条件均属优秀，申请绿卡十分容易。

与他同时期出国的学者，由于国内科研和生活条件有限，不少人选择继续留在国外。但朱有勇深深知道，这终究不是自己的祖国啊！

澳大利亚导师闻听朱有勇决定回国的消息后，大吃一惊。

在导师的眼中，这位来自中国的科学家，正值壮年，沉着稳重，对事业全情投入。他多么希望朱有勇能够留在澳大利亚，帮助自己的实验室攻克世界难题啊。

导师苦苦挽留：“没有再考虑的余地了吗？”

“没有了。”朱有勇态度坚定，“我要回到我的祖国！”

导师叹了一口气：“俄国著名生理学家巴甫洛夫曾说，科学没有国界……”

朱有勇想了想，回答说：“可巴甫洛夫还说，科学家却有国界。老师，谁不属于自己的祖国，谁就不属于全人类呀。”

“可我发现你很喜欢澳大利亚。”

“没错。但是我更爱我的祖国。”

“我深表遗憾。澳大利亚太需要你这样的人才了。”

“我们中国是一个农业大国，我们有12亿人的吃饭问题，更需要我回去加入研究。”

“可是，你们中国的条件，可能会束缚你搞科研。”

“我的祖国会越来越重视农业科学，农业科技推广体系会越来越健全。我相信，我坚信！”

……

不仅是澳大利亚方面师友的不舍，还有来自国内友人的不解。

不少朋友问他：“你在澳大利亚工作几年后，还可以转到美国、加拿大，有更好的科研条件。当一名外籍华人科学家，有机会像杨振宁、李政道那样获取诺贝尔奖。这是千载难逢的好时机，你干吗回来呀？”

朱有勇默然不语。

他的心，只有祖国知道，只有土地知道。

12. 我爱云南

回国后，朱有勇被任命为云南省植物病理重点实验室常务副主任。

他马上进入工作状态。

当务之急，就是去红河州石屏县张桂寨村周围，寻找合适的大块试验地。

这里距离他老家个旧市比较近，地缘人缘有利。

经过反复踏勘，他心中有了目标。于是他通过旧友，找到张桂寨村所属乡的书记和乡长。

由于朱有勇的“胃口”比较大，需要一次性征用成方连片的600亩甚至更多的土地，这涉及几个村的数百户人家，工作难度之大，可想而知。

吃饭的时候，乡里和村里的干部们满面愁容。

桌上摆着小酒杯，大家文文静静地客套着、浅饮着。

看到大家心存顾虑，朱有勇站起来，主动端起酒杯，与众人碰杯。

乡长和村干部们看着这位儒雅的科学家，不知深浅，进退两难。

乡长是一个爽直刚硬的中年汉子。他看着朱有勇的同时，手里拿过一只碗，满满地倒上白酒，正好一瓶，而后，试探着说：“你如果能喝下这碗酒，什么都好商量。”

众人的眼光，齐刷刷地看着朱有勇。

朱有勇的确“有勇”。此时，他的勇气直冲头顶。只有他自己知道，当年在苗寨当知青时练就的酒力和酒胆，就是当下最锐利的武器。

他也直盯盯地看着众人，而后，庄重地端起这碗酒，一饮而尽。

所有人都惊呆了。

于是，大家彻底放开，整个酒桌变成了欢乐海洋。

是的，有时候，在少数民族地区，风俗淳朴、人心直爽，最好的办法就是以酒交心、以酒交友。就像现在，朱有勇与乡长喝，与村干部喝；与乡长拼，与村干部拼；喝下的是白酒，打通的是感情。原来，乡长、村干部以为他是国外回来的洋博士，高高在上，与他们是两路人，却不想，他也是泥腿子出身，也是好酒量。他是洋博士，更是泥博士、土博士，是咱泥腿子的好兄弟！

一番酒战，直至夜半。酒酣人酣，一切简办。

醒酒后的乡长和村干部们，在最短的时间内就帮助朱有勇协调、租赁了1000亩土地。

朱有勇团队立即介入，开始试验。

果然立竿见影！

第一年，稻瘟病消失了，产量增长30%。

的确，同类同种的农作物易于相互传染，形成多米诺骨牌效应，而糯稻间作，品种相异、高矮搭配，平面和曲面又截然不同，就像防火墙一样，截断了病害的相互流动。

试验成功后，朱有勇决定大面积试验。

他给农民提供秧苗，让他们种杂交稻，每隔4行、6行插糯稻。

农民们将信将疑，勉强种了2000亩。

结果，与小田试验一样，仍是稻瘟病消失，亩产量大增。

大面积种植，亩产增加30%，这在农业上是一个奇迹。

于是，当地政府大力推广。

第三年，也就是2000年，红河州种植5万亩。

如果利用科学办法，找出不同农作物相克的差异性，并施用于农业生产，就可以不用或少用农药，这就是科学的最佳方向。

譬如，花生和玉米病虫害不同。花生中间种上玉米，双方的病虫害相克就会受到阻碍。还有，玉米的玉米螟、钻心虫很难杀死，过去人们用筷子捆上布条，蘸敌敌畏杀虫，费力又低效。如果把玉米和马铃薯种在一起，马铃薯开花后引来细腰蜂吃蜜，吃饱就交配、产卵。细腰蜂腹部末端有带毒的螯针和产卵器，产卵时，先用螯针把螟蛉幼虫刺晕，再把产卵器刺入螟蛉体内产卵。这样，孵化出来的幼虫，即以螟蛉为食。

这就是相生相克。

科学看似简单，背后却是无言的大智慧啊！

……

朱有勇说：“我们取得的研究成果，得益于我国传统的栽培技术。”

作物多样性控制病虫害理论应用体系的诞生，也正是从土地和传统中获得了启示。

“和国外、国内先进发达地区相比，在云南搞科研或许会有一定局限性，但云南丰富的生物多样性却是任何地方都不能比拟的。如果能克服困难，学会因势利导，在这里一定能做出最好的成绩。”说起云南，他满怀深情。

“我们发现，如果在甘蔗地里种玉米，那些玉米螟就不吃玉米了。因为比起玉米来，甘蔗更甜，它们就都吃甘蔗去了，而这对甘蔗却没有任何影响。我们正在研究究竟是哪种物质在吸引玉米螟，为什么在甘蔗上没问题而在玉米上会有问题。这个问题一旦解决了，对农民来说可是一件大事。所以说科学就像剥洋葱，剥一片，找到一个谜题，解决一个问题。或许穷尽一生，都没办法把这个洋葱剥完，但这是科学永远的方向！”

朱有勇坚信，自己所从事领域的一切未解之谜，都能在云南这方山水中找到科学答案，并造福人类！

13. 世界顶尖论文

朱有勇带着课题组，在红河州开始全面深入研究。

在回国后的3年时间里，他们除了在张桂寨村的实地种植，还实验了200多个水稻品种，进行了400多个小区实验……农艺性状、经济性状、农户种植习惯，他们都要细细研究比对。

朱有勇身形周正，但个头不高，他笑言是童年的饥饿约束了自己的高大。云南的好山水，滋养了他一身好皮肤。长年的水淋日晒，使他的脸面黝黑发亮，衣裤遮住的半截手脚白亮亮，黑白两重天！

埋头研究起来，时间总是不够用。节假日的时间用上了，连回家吃饭的时间也压榨了，直接在食堂解决，省得路上费时、做饭费时。

朱有勇感觉自己又回到了知青年代，虽然一脚水一脚泥，却是一步一脚窝，步步有收获。

农作物多样性是如何控制病害的呢？这里面的机理有若干：遗传多样性、协同作用、病害防火带、稀释作用等。

怎么能让老百姓记得住、用得上呢？

他编成顺口溜：天拉长、地拉宽、站好队、换好位。

作物的品种搭配呢？他打趣道："这和男女搞对象一样，只有找到匹配的，家庭才能和睦兴盛；如果双方不搭配，三天两头吵架，没几天就离婚了。"

他生在农村，上山下乡在农村，当了教授还是在农村。他生命的根、科研的根，长在农村，长在农民的心田！

20世纪90年代末期，农业耕作追求短平快，几百万亩都是一个品种，机械化种植。从播种到收割，一套方案搞定，病虫害发生严重。

多样性恰好破解了这个难题。

水稻品种资源多，种植多样化，改变了田间微气候环境、微生态环境、稻瘟病病菌菌系结构。

稻瘟病控制住了！

随着科研成果在理论上的成熟和大面积推广，朱有勇的研究结论形成论文《水稻遗传多样性及病害控制》，于2000年8月17日全文发表在世界顶尖的《自然》杂志上，并作为封面文章重点推荐。

最权威的学术期刊，最重磅的封面头条！

《自然》杂志还配发专题评论认为：“朱有勇及其同事经过深入的研究，获得了十分重要的研究成果，即利用水稻品种多样性基本控制了最重要的水稻病害——稻瘟病的流行，突破了单一品种化的弊端，为简便和持续地解决农业生产中出现的问题提供了佐证。”

意义深远，价值无量。

国际著名学者评述：“这一研究成果为水稻病害的控制提供了一种生态的方法，在大面积栽培中更加有效，这将为中国和世界水稻的稳定生产作出贡献。”

这一成果，标志着中国在此领域的研究，已跃居世界领先地位！

14. “傻瓜”技术

能在世界最顶尖的刊物发表最权威论文，是多少科学家的梦想！

但也有不少外行人不解地问：“不就是种4行杂交稻，再间种1行糯稻，就成了顶尖论文？太简单了吧？”

还有人不服气：是他运气好，看到农民这么种，然后重复出来。这是傻瓜技术。

对，傻瓜技术！

正如傻瓜相机，随意按一下，照片就出来了，傻瓜也会用。但研究出傻瓜相机的人，是傻瓜吗？

非也！

石屏县张桂寨村的水稻间种，种了多少年、多少代，但为什么没有人具备科学的敏锐性，从科学的层面去研究呢？又有谁透视内里深奥的道理呢？

大道至简！

朱有勇研究出的“傻瓜”技术，不止一个。

在云南种葡萄，容易得病，得病就打农药，但打了农药，又容易被雨水冲掉，造成病菌广泛传播，既达不到防病效果，还导致农药残留。

“病菌靠雨水传播，搭个雨棚就解决了。”朱有勇轻描淡写。

这也是“傻瓜”技术！

的确，他的“傻瓜”技术，是多少年学习、思考、苦恼、追求的结果。

就像牛顿通过苹果落地悟出万有引力定律，看似最简单，却是最艰难。那是最深厚学养的长久累积，那是最沉重苦恼的持续发酵，那是最绝望灵魂的突然闪电。

回想起来，不得不庆幸，朱有勇在悉尼大学的留学生活，开阔了他的研究视野。过去，只是从细胞、病菌的角度研究问题。留学回来后，他开始从分子生物学的层面构建运用体系，揭示内在本质，并申请了一个全新课题：稻瘟病繁殖分子体系的构建。无疑，这迈进了一大步！

随着论文的发表，水稻品种多样性持续控制作物病害理论和技术体系全面搭建起来。

从2001年开始，这项技术在云南、四川、江西等10多个省区市广泛推广。

水稻可以，那么玉米、马铃薯、小麦、大麦呢？

朱有勇愈战愈勇，继续发明了多种作物控病技术。几年之内，仅在云南省就推广4000多万亩，农民增收40多亿元。

与此同时，朱有勇团队的研究更加令人瞩目。他所在的实验室资质，也连续跃升四级：一是云南省植物病理重点实验室，二是农业生物多样性与病害控制教育部重点实验室，三是农业生物多样性运用技术国家工程研究中心，四是省部共建云南生物资源保护与利用国家重点实验室。

这些研究，代表了国家最高水平，被赋予了中国农业绿色发展的最高期望！

15. 校长辞职

2002年5月，朱有勇被任命为云南农业大学副校长。

学校要为他举行履新仪式，朱有勇拒绝了。

新官上任，仪式可以简单，但不能缺少呀！

学校办公室按照常规，布置会场。鲜花不摆了，只放了桌椅，希望新任副校长作履职发言。

学校班子成员都到齐了，却迟迟不见朱有勇。到办公室找他，也不见人影。

莫非在实验室？

办公室主任急得满头冒汗，推开实验室大门。果然在那里！朱有勇，侧影如塑像般，专注、凝重。

他的心里眼里，哪还有实验室之外的世界呢？

办公室主任定定地站立着，不忍打扰……

接下去的两年，闭门羹成了家常便饭。

“嘿嘿，当副校长两年，我更多的时间是泡在实验室。”多年后，回忆自己的从政经历，朱有勇颇有些不好意思。

但是，由于朱有勇科研成果突出，品行高洁，声望高隆。2004年6月，组织任命他为云南农业大学校长。

现在，他不能不考虑一下自己的工作了。

过去，他的最高职位是实验室主任，担任副校长，基本是挂名，主要精力还是搞科研。而现在履职校长，是行政一把手，事务如山，都需要他拍板定夺。可他对于这一切工作实在陌生，仅仅每天需要批阅的文件，已是不计其数，况且还有太多太多的琐碎事务。

磕磕碰碰、苦苦恼恼。终于，他学会了放权。

他召集几位副校长开会，严格分工之后，又各自制定目标，而后说：“目标在这里，责任在这里，权力在这里，各自负责，干得好奖励，干不好找你麻烦。”

给了经费自主权，压了目标与责任，副校长们不敢松懈。文件呢，也基本由副校长把关，他最终审阅。

重担卸下了，他又回归实验室。那里有土壤、种子，有数不清的新奇的奥秘，在向他眨眼，向他微笑，向他招手……

“当校长，占用了很多科研时间。实际上，我十分之一时间在做校长，十分之九时间在实验室。真是后悔当初没有坚决地推掉校长职务。尝试过之后，才进一步发现自己更适合搞科研，并不适宜搞行政。”

其实，朱有勇担任校长两年后，便萌生退意。

的确，走进实验室，他的身心自然地亢奋，而在会场上、在官场上，他总感觉束手束脚，仿佛芒刺在背，根本无法做到左右逢源，常常不知话题从何说起。

和农业打交道容易，与人打交道难啊！

他坦承，其时如果自己坚持不当校长，也未尝不可，但自己也是一个俗人啊，当时对校长这个职位存有新鲜感。毕竟在世人看来，这是一个正厅级的官位，是一个风光的角色。

但现在，他厌倦了，他要辞职。

只是，当他试着向组织表明心志的时候，却遭到了上级领导的明确拒绝。

2011年12月，他入选中国工程院院士，填补了云南省农业系统有史以来的空白。此时，他终于有足够的理由辞去校长一职了。

月底，他公开提出了申请。

众人一片哗然。

亲友更是大跌眼镜：有人托关系走后门，跑官要官，你到手的官却不要了？

上级领导也纳闷了：“在学校大发展时期，你在学科建设方面干了很多实事，大家都认可。你刚刚56岁，远不到退休年龄，为什么不干了？”

的确如此。2002年，学校盖起了植保大楼，建起了国家生物多样性工程中心，负责国家生物资源的开发与利用。他没有辜负恩师段永嘉先生的期望，把国家生物多样性工程中心做起来了，而且做成了全国最权威、最高地。

……

朱有勇去意已定，连续写了5次辞职信，写给省教育厅，写给省委组织部。

信写了一封又一封，校长职务仍然稳如泰山。

最后，他“抗议”了，他“罢工”了，他甚至不去上班了。

“宝贝”级校长要辞职，惊动了云南省委领导。

省委领导亲自找他谈话，但谈了两次，都没有打开心结。最后，省委领导建议说：“你可以不在云南农业大学，那么你去云南大学当校长吧。”

去云南大学当校长？自己明明是不想当校长呀。

他再次一口回绝了。

总要给上级一个台阶吧。最后，他“妥协”到云南省科协担任主席，但有一个条件：不要办公室，平时不来上班，只参加几次重要会议，具体工作由常务副主席主持。

2013年，刚刚58岁的朱有勇，终于辞去了云南农业大学校长职务。

他，欣然回归实验室！

归去来兮，就像陶渊明，安心地享受田园。

只是，陶渊明是散淡的归隐，而他，是精准的冲锋。

是的，从今以后，全力做科研，带博士生，集中精力把科技成果转化为现实生产力！

为农民服务，为国家服务！

第三章 蒿枝坝

1956年，为了创作反映拉祜族人民翻身解放题材电影《芦笙恋歌》的主题曲，作曲家雷振邦来到澜沧县山寨体验生活。

在这里，雷振邦与拉祜族群众共同生活了半个多月时间。他不仅熟悉了拉祜人的生产生活、思想感情、风俗习惯等，还真正感受到了拉祜族民歌与民间音乐的特点。于是，他乘着灵感的闪电，创作出了一首情歌《婚誓》。

1957年1月，随着电影《芦笙恋歌》的正式上映，这首反映淳朴、甜美爱情的主题曲迅速风靡全国，以其浓郁的民族风情深入人心，成为拉祜族人民美好爱情生活的形象代言。

的确，这首歌是拉祜族兄弟姐妹的心声，也是所有热爱生活、渴望美好的人的心声！

16. “我来干”

2015年11月中旬的一天，北京。

朱有勇刚刚走下飞机，就打了一个冷战。在昆明登机之前，他特意脱下薄T恤，换上衬衣，又外加一件夹克衫，但这仍然抵不住北京的寒风。于是，他赶紧穿上一件大衣，匆匆向中国工程院赶去。

走进会议室，院领导们已经在等候。在场的20多名院士，大多居住在北京，研究领域涉及多个学科。从事农业研究者，只有他一人。

会议主题除了讨论已经开始的挂钩帮扶云南省会泽县脱贫攻坚相关事宜外，更重要的是上级给中国工程院又增加了一个扶贫点，初步选在云南省澜沧拉祜族自治县。今天开会的目的，就是商量一下派驻人选。

2013年开始，中国工程院开始在云南省会泽县挂钩扶贫。那里有丰富的矿产资源和水力资源，工程院依托技术优势，为当地提供矿山和水电站工程服务。

澜沧拉祜族自治县与会泽县，一个是滇西南亚热带少数民族地区，一个是滇东北高寒山区，都是深度贫困县，贫困率均超过50%。

在会泽县的扶贫，中国工程院以出“智”为主，在矿山、电站、交通上给予技术扶持，并没有院士“全日制”的驻扎。

此次的精准扶贫，上级要求扶贫人员真正驻扎到贫困村，直至完全脱贫。

从城市到农村，从首都到边疆，从实验室到野外，谁都知道这意味着什么。

生在农村、有过知青经历且长期从事田野实验的朱有勇院士，比别人体会更深。

穿土布、吃粗粮、爬山路，他不怕。农民谁不想致富呢？但祖祖辈辈以打猎为主的猎户们，对农业种植没有多少经验，又缺少资金、缺少技术、缺少视野、缺少文化，要让他们全部富裕，一户也不落下，谈何容易啊！

他犹豫。

这个地方，或山水土地资源欠缺，或地处偏僻，或群众致富意识和基础设施薄弱，种种贫穷的掣肘，自己能破解吗？

他顾虑。

在高校工作和生活习惯了，备课上课、开会讨论、查阅资料、研究实验、收集数据、写作和修改论文，等等这一切，只是费费脑力、纸上谈兵、融会贯通。而真正要走进农村，使科研结果落地生根、开花结果，让农民整体脱贫，太难了！

……

院士们大多七八十岁了。平时开会时，年轻的朱有勇谦让贤长，总是习惯地坐在后排或末尾。今天，依然如此。

满头白发的院士们，听完院领导讲话，反应热烈，纷纷发言。有几位老先生公开表态，愿意下乡蹲点。

朱有勇看看左右，左边的院士76岁，右边的院士也72岁了。院士们的平均年龄是73岁，而自己才60岁。

60岁，如果是普通老百姓，已经退休颐养天年了，但在院士群体里，却是年轻人。如果自己不去，让70多岁的老先生住在农村，自己脸面上挂得住吗？这就打破自己做人的底线了。而且，自己还是党员，又是云南人！

看着院士们踌躇满志，朱有勇坐不住了。

他举起手说：“我来干！”

……

走出会议室，朱有勇内心涌起一股莫名的悲壮感！

一周后，中国工程院院长和几名院士来到云南。

此行目的，就是进一步细化云南的精准扶贫工作。省委领导获悉“院士团”来到，也赶来看望和陪同。这可是“天降神兵”啊。

座谈会上，朱有勇作为本土院士，和以往一样，坐到末位。

当年年初，中共中央总书记习近平选择云南作为本年度首个调研地点，前来考察，并叮嘱坚决打好脱贫攻坚战，加快民族地区经济社会发展。

如果说前几天在中国工程院召开的座谈会只是摸底，那么现在便是落实。

省委领导传达了习近平总书记在云南的重要讲话精神，真诚感谢中国工程院的智力扶贫，并介绍了云南澜沧拉祜族自治县的文化和经济情况。

17. 澜沧，你好

昆明会议结束几天后，朱有勇第一次来到澜沧拉祜族自治县。

该县隶属普洱市，位于云南省西南部，因东临澜沧江而得名，总面积8807平方公里。县内国境线长80.563公里，其距离之长，位居全省第二。县城勐朗坝，海拔1054米。全县下辖20个乡（镇）、165个村委会（社区）、2702个村（居）民小组，总人口50.99万人。少数民族主要包括8个世居民族——拉祜、佤、哈尼、彝、傣、布朗、回、景颇，人口约占全县总人口数的79%。

作为中国唯一的拉祜族自治县，无疑，这里是拉祜族民众最集中的居住区。

据史志记载，这一带的拉祜族人民，世代居住在山腰之上，其社会形态属于原始社会。千百年来，他们在生产劳动和采集捕猎活动中，广泛使用木锄、木锹、木槌和木犁等木竹工具。直到近代，拉祜族才向其他民族学会了冶炼，开始制作锄、镰刀、斧头、钐刀等铁制工具，但犁头等大宗农具，还是依靠内地输入。中华人民共和国成立后，他们才走出森林，一步进入社会主义社会。

这就是人们常说的“直过民族”。

从此，拉祜族人民的生产、生活方式有了根本改革：由打猎为主变为农耕为主，在文化上全面实行双语教育。

但是，由于种种历史和现实的原因，特别是受地理位置偏僻等客观条件的制约，几十年来，拉祜族和其他一些少数民族一样，经济社会的发展状况并不理想，未能与内地同步。

关于澜沧县和拉祜族的贫困状况，2020年1月9日的《云南日报》有权威的描述：

> ……
>
> 从贫困现状看，贫困问题主要体现在三个方面：
>
> 一是条件性贫困突出。“直过民族”聚居区大多为山区、半山区，生产生活环境恶劣，土地贫瘠，自然灾害频繁。自治县成立初期，境内没有公路，通往外界及区、乡的道路只有驿道20多条，运输全靠骡马驮运和人力挑背，从边远的山寨到县城往返通常要数天的时间，“一出家门就爬坡、山高坡陡石头多”是当时交通难的真实写照。广大农村靠水桶挑水、自制竹筒抬水或笕槽引水的简易方

《礼赞大地 4》　陈流　水彩

式解决人畜饮水问题。经过几十年的发展，到21世纪初，县乡公路路面等级依然较低，晴通雨阻现象十分突出，乡村公路基本为等外公路，且大部分村组未通公路；农田水利化程度低，电力覆盖低，约50%村寨未通电，大部分群众依然住在低矮破旧的茅草房、挂墙房、竹笆房，出行难、饮水难、用电难、住房难等问题是脱贫致富的“拦路虎”。

二是素质性贫困突出。2004年，澜沧县“民族直过区”经济社会发展调研抽样调查数据显示，文盲半文盲占38%，小学以下文化程度占55.7%，初中以上仅占6.3%，会讲汉话的仅占35%，通过“双语”教学的孩子大多要到五、六年级以后才能用汉语正常交流；生病不到医院治疗却找巫师卜卦的占40.2%。2010年第六次全国人口普查显示，全县人均受教育年限仅为6.3年（拉祜族5.8年、佤族6年、布朗族6.7年），低于全国人均水平3.2年、低于全省人均水平2.2年、低于全市人均水平0.8年，劳动者受教育程度低，语言交往能力差，依靠科技发展生产的能力非常弱。

三是思想性贫困突出。“民族直过区”地处边远山区，远离内地，交通不便，信息不灵，与先进地区交往的机会很少，经济长期处于封闭状态。“民族直过区”经济社会发展调研抽样调查500户的数据显示，最远到过县城的仅占3.1%，外出打工的只有3人，在外工作时间累计不到60天。由于受文化素质的制约，推广现代农业科技受限，刀耕火种、野放野牧、广种薄收现象十分突出，资源禀赋优势没有转化为发展优势。群众缺乏主动脱贫意识，没有危机感，商品意识淡薄，致富欲望不强，满足于最低层次的吃穿不愁。干部思想观念落后，主动作为意识不强、能力不足，“等、靠、要”思想严重。“直过民族”长期形成的思想观念，难以在短期内通过外在力量改变，代际传承的“穷根”一直延续。

年纪大了，离开实验室，把所有的科研项目丢下，去当“全日制”的农民，谁说朱有勇没有过矛盾与彷徨呢？

他是院士，可也是生活在现实世界的人！

最初几天，朱有勇也曾苦恼和迷茫。每天在乡镇政府开会座谈、调研，晚上又赶回县城招待所，实在太累了。他无奈地对学生们说：“我说话他们听不懂，他们说话我也听不懂。我60多岁了，又重新当了知青。”

但是，短短数日之后，朱有勇心理就发生了变化。自己是云南人，又是农业科技工作者，这些年走过不少山区农村，却从未见过这般贫穷。

越往深山里走，感觉越强烈。这不是自己小时候走过的路吗？又细瘦又坎坷，像枯萎的病人身上的一条条青筋、一根根肋骨。

党和国家把自己培养成科学家、大教授，并给予丰厚的待遇，而自己栖身在城里的象牙塔中，竟不知山外万重山、人外万重人，老百姓依然过着和自己童年一样的苦日子。

在竹塘乡的几个村落，朱有勇更是震惊。这里如同原始社会，路上跑满猪羊鸡狗，老百姓怯怯地躲在树后，偷偷地看着他，好像他们才是客人。中午，在村干部家里吃饭，除了特意准备的肉食和白酒之外，竟然没有绿色蔬菜。茶杯和饭碗上，到处飞舞着苍蝇……

虽然十分贫穷，老百姓却是百分热情。

朱有勇一行人要离开寨子了，村里的拉祜族群众换上民族服装，手拉手唱起歌来，依依不舍。

虽然刚才交谈时，疙疙瘩瘩，互相听不明白，但一旦唱起歌来，却又那么清晰真切，心领神会。那歌声，从内心淌出，纯净如天籁，伴着忧伤的眼神和闪光的泪花。

一刹那，朱有勇定住了，犹如石化，任由歌声浩浩荡荡地涌进心田……

我会唱的调子像山林一样多
就是没有离别的歌
我想说的话像茶叶满山坡
就是不把离别说
最怕就是要分开
要多难过有多难过
舍不得哟，舍不得
我实在舍不得

你没有看那风景像山花一样多
还有多少思念的河

你留下那情像火塘燃烧着
还有好多酒没有喝
最怕就是要分开
要多难过有多难过
舍不得哟舍不得

我实在舍不得
最想的就是你再来
要多快乐有多快乐
舍不得哟舍不得
我实在舍不得
…………

朱有勇用手掌紧紧地捂住双眼，但泪水还是涌出指缝，滴落在衣襟上。

他，已经好多年没有这样流泪了。

同行的县领导告诉他，这首歌名叫《实在舍不得》，近年来流行于拉祜族山寨，一方面体现了拉祜族民众的热情好客，另一方面则表达了拉祜族人民对美好生活的热切向往……

18. 青山与金山

第二天，朱有勇来到竹塘乡蒿枝坝村。

蒿枝坝，只是云山村下属的一个自然村，分3个村民小组。

“坝”的拉祜语意为“芳美的草地”，并非汉语的“大坝”。过去，拉祜族民众长期居住在山腰上。十多年前，由于国家民委和上海黄浦区的帮扶，他们才搬到山脚的平坝上。虽然每家每户有了房子，但生产和生活依然如故。

村四周，是高高低低的山峰，像沉默的将军，似羞怯的少女，若愁苦的父亲，更多的则像一个个毛茸茸的猴头。山名呢，也很怪：坡倮架、米娜谷、那戈节扩、山神扩……山上长满了桦树、多依树、栎树，更多的是思茅松。小村的旁边是一条募乃河，这是全村的水源。道路的两旁，长满了野生的牵牛花。

进村的路，比他预想的还要艰难。由于当时昆明市到澜沧县还没有通航，他和学生们只能开车过来，整整要走11个小时。虽然上坡下坡、隧道桥梁，但总算通畅。可从澜沧县城走进蒿枝坝，那简直是弯弯绕弯弯、兜兜又转转，15公里的路程，汽车需要攀爬两个多小时。

朱有勇，恍然又回到了知青时代的狗街。

40年了，依然如初！

走进寨子，正在路边晒太阳的村民们怯怯地看着他，有的躲在墙角，有的藏在树后。朱有勇上前打招呼，他们不敢直视，眼神躲躲闪闪。哦，他们是从森林中走出来的民族，本能地回避生人。

朱有勇随机走访了几户人家，猪屎牛粪肥料茅草到处都是，杯子碗碟上满是污渍，更多的还是苍蝇。屋内除了一张床、一口锅、几件衣服、几袋玉米、几只鸡等简单财物之外，再没有什么值钱的家当。

村干部告诉朱有勇，蒿枝坝人均年收入只有1000元左右。

离开蒿枝坝的路上，朱有勇面色凝重。

他说："这里这么穷，怪我们没有深入下来，没有真正为老百姓做些事情！老百姓享受不了我们的科研成果。作为院士，这就是失职！"

蒿枝坝只有几十亩水田，更多的是面积达几百亩的旱地。虽说是旱地，但靠近小河，抽水抬水都可以浇灌。

这青山，都可以大做文章啊。

这青山，与科技成果"结婚"，便是金山啊。

那一刻，他下定决心：我的扶贫点，选定蒿枝坝！

19. 科技小楼

朱有勇扶贫，并非一个人在战斗。

随着朱有勇蹲点蒿枝坝，中国工程院也将驻村点确定在云山村，并派驻了第一书记。而且，朱有勇的身后，还有一个"豪华团"，包括他的十多名硕士和博士研究生。他们随时听从导师的召唤，前来支援，现场实习。

为什么选择蒿枝坝呢？

朱有勇向学生们说出了自己的思路：蒿枝坝属于竹塘乡云山村，这一带是全县拉祜族民众最密集的地方，达3.8万人。在这里扶贫，更具代表性，也更具带动性。

的确，蒿枝坝共180户，其中建档立卡贫困户达39户，是一个极具典型性的贫困村。

本来，中国工程院在别的地方扶贫，工作站都设在县城，工作和生活条件相对便利一些，但朱有勇决定一竿子插到底，直接驻扎蒿枝坝。

县领导十分不安，院士是“国宝”，而且年过六旬，要照顾好啊。

学生们也担心：这里能行吗？吃饭都成问题啊。

朱有勇呵呵一笑，胸有成竹。

蒿枝坝二组的村头，有一座两层小楼，塔形屋顶、深紫瓦片、淡黄墙壁，瓦顶下挂着一个金葫芦。

这里是10年前上海市援建整村易地搬迁时配备的村民活动室。由于村民们更喜欢蹲在墙根儿晒太阳，并不来这里活动，所以整座小楼基本荒废。

朱有勇第一次来到蒿枝坝考察时，曾在这里歇脚。空楼仅有的几张桌椅上覆盖着一层厚厚的尘土，上面写满了小鸟的爪印。

当时，他就对这座小楼情有独钟。

现在，他要把这里改造成自己的家。

朱有勇开始动手了，学生们也紧紧跟上。清扫、擦拭、搬桌椅、抬床板、钉纱窗……一楼用作将来的学员培训室；二楼隔出几个房间，住宿休息；楼道里开辟出一个小小客厅，供开会、讨论、做饭、接待来客之用。

三天之后，这个原本空荡荡的小楼，摇身变化为一座“科技小楼”，但要正常使用，何其难也。动手做饭，电压低，电器不能使用，又没有灶台。

吃饭，便成了第一难题。

没办法，只能先到老百姓家就餐。东家西家轮流去，类似过去的农村工作队员在农家吃派饭。正好，这样可以学说拉祜话，最快地了解村情。

一日三餐之后，他们塞给户主100元。有些人家坚决不肯收，就留下一条烟，或两瓶酒。

在与他们的接触中，朱有勇更加惊奇地发现，拉祜人还留存着浓郁的原始共产主义遗风，即平均主义。分配什么东西都要一碗水端平，没有尊卑，无论长幼。比如递烟，在座者无论老人、妇女、小孩，也同样要给。这种习俗，来自过去打猎时的按人头分配。

没几天，他就学会了十几句拉祜话。

走在路上，他会主动与村民打招呼："ngal dar（你好）！"

"thorma awf chid cad ve le（吃什么饭）？"

"dzil dawl-ol lad（喝酒了吗）？"

说着，就递上一支烟，在场所有人都有份儿。

村民们兴奋起来了，也不再躲避他了。

双方的心，慢慢地靠近了。

20. 幸福的鸡狗

朱有勇进村之后的第一项工作，就是改善村民的生活环境。

没有洁净环境，哪有富裕文明！

他多方面筹集经费300万元，在云山村党支部的主导下，对村庄环境进行全面规划和改造。

最大工程是在村外设计、建造一个集中的养殖场，而后拆除

《朱有勇 1》 陈流 水彩

各家的猪圈和牛圈，猪牛集中饲养。同时，对全村进行绿化和亮化。街道两侧，竖起了几十根路灯；路灯之下，种上了三角梅和炮仗花。另外，还制定村规民约，设立公告栏，从各方面倡导文明生活。

这些改造立竿见影，村庄面貌为之大变。

猪啊牛啊都乔迁了，那么鸡呢狗呢？

这可是一个大难题。

的确，在少数民族山寨里，如果没有鸡鸣狗吠，就没有生气，就不像村寨。

商量来商量去，鸡狗还是保留在各家各户吧，只是要加强鸡笼狗棚管理，保持清洁卫生。

于是，幸福的鸡们仍是白天到处跑，村东村西，山上山下。晚上呢，乖乖地各回各家。每天早上5点钟，公鸡们就起床了，殷勤地呼喊着、提醒着自己的主人。

狗们呢，更是惬意。村民们家家养几只狗，黑黑黄黄，大大小小。平时，狗儿们就在一起嬉戏玩耍，困了，就睡在路中间。见到人们，眨眨眼、摇摇头，敬一个礼。只有见到陌生人，才警惕地瞪圆眼睛、竖起耳朵、皱起眉头，一旦醒悟是朋友，便会不好意思地摇摇头，笑脸相迎。

比如，它们第一次见到朱有勇时，就一怔，满眼迷惑、横眉怒目，怀疑他是一个伪装儒雅的坏人。第二天早晨，当朱有勇走下楼，准备在村道上跑步时，全村的狗们联合起来，决定给他来一个下马威。

于是，当朱有勇走过第一家门口时，一白一黑便吼叫着，猛然扑来。

朱有勇一惊，马上就明白了。于是，他弯下腰，安静地蹲住。狗们惊呆了，没想到他会来这么一招，便面面相觑，不敢上前，担心他有“核武器”。相持片刻，狗儿们心怯了，慢慢地后退、后退……

朱有勇毕竟有狗缘。

第三天早晨，他已有所准备，随身携带一些爆米花和切碎的火腿肠，看到狗眼不睦，便主动地抛过去。狗儿们多聪明啊，它们在昨天已经窥视到了他与村民们的良好关系，况且他看起来又那么慈善，肯定不是坏人，现在又看到他在微笑，而且抛来了飘香的爆米花和火腿肠。这一切，足够使它们释然了，于是，立时眉开眼笑、心生敬意了。

三下五除二，狗儿们全安静下来了，摇头摆尾，连连道歉。

一个早晨之内，全村的狗儿们便全部变成了朱有勇的朋友。

第四天，他再跑步时，狗儿们便友好地跟上去，保驾护航，或站在路边，行注目礼。

第四章　亲亲洋芋

马铃薯的最早种植者，是印第安人。

16世纪，马铃薯由西班牙人带入欧洲。此后，这个宝贝儿便快速传遍全球。

马铃薯每到一个国家，大都有一个别名：西班牙人管它叫“地豆”，德国人名之曰“地梨”，法国人称呼它“地苹果”，美国人将其命名为“爱尔兰薯”，俄国人对其的称谓则是“荷兰薯”。

马铃薯传入中国的路线轨迹，有3条。

17世纪，荷兰人盘踞台湾，马铃薯随之而来。而后，传入广东、福建，继而进入江浙一带。因此，东南一线而来的马铃薯，也叫“荷兰薯”。

西北线，则是18世纪由晋商从俄罗斯引进。清代农学家黄皖的农书《致富纪实》中记载：“阳芋，出俄罗斯。”山西、陕西、甘肃、内蒙古等北方地区称马铃薯为“土豆”“洋芋”“山药蛋”等。

南洋一线则登陆广西，再由此向云贵川地区传播。

云南是我国较早种植马铃薯的省份之一，在1848年时已有多个品种，但均为常规种植，即夏季种植。

最初，马铃薯在中国多归为蔬菜类，直到民国以后，才逐渐纳入粮食系列。在云南的多山地区，马铃薯与玉米一起，成为民众的主粮。因为即使在土地更瘦瘠、气候更恶劣的条件下，它也可以生长，且产量较高。

经过千百年的培育，马铃薯已成为世界头号非谷类食品。2007年，其全球产量更是达到3.25亿吨的创纪录水平。

马铃薯的营养价值，独特而广泛，在此不赘言。

世界上消耗马铃薯最多的国家，定然是中国。

21. 精准选择

科技小楼的后面，有一棵高大的合欢花，柔枝撒开，花儿球状，猩红猩红、粉紫粉紫，梦幻一般娇俏。

窗子里，总有一双眼睛，紧紧地盯着合欢花，久久不曾离开。

这是朱有勇的眼睛。

一双沉思的眼，一颗沉重的心。

他在科技小楼住下后，很快就对这里心生欢喜了。半山清风，轻雾缭绕，看着养眼，嗅着养肺。夏天，此处爽凉如秋；冬天，这里则温暖如春。

这些日子，朱有勇一直在行走，在观察，在调研。

澜沧县8000多平方公里，其中河谷地区占15%、山区占50%、半山区占30%，到底应该发展什么致富产业呢？

当然，最简单、最直接的途径，就是帮助农民外出务工。他可以通过多种渠道，在昆明等城市找到若干合作单位，大量吸收农民工，可当地农民禀性保守，不愿意离家。这项辅助计划，行不通。

第二个思路是重点发展养殖业，养猪、养牛或养鸡。他也曾经设想倡导向每个贫困户捐献猪崽和雏鸡，但当地干部告诉他，此地农民缺少相应的科学知识和耐心，只适合家庭随意散养，不适合较大规模养殖。而且，农民喜欢肉食，稍稍养肥大就宰杀了。在他们看来，卖掉不如吃掉。

看来，还是要靠种植业，发展冬早蔬菜。

可选择什么品种呢？

番茄、辣椒、荷兰豆、圣女果、瓜类等，附近县域都有种植，且品质上佳。况且此地位置偏远、交通不便，而这些蔬菜偏偏又不宜保鲜、易于腐烂。

思考中，他突然发现一个极为奇特的现象：此地没有马铃薯！

原来，本地不太适宜种水稻。有史以来，热季种植只以玉米、甘蔗为主。马铃薯，竟然没有进入这片区域。秋天玉米和甘蔗收获之后，人们便不再生产，直到第二年春天。

朱有勇想，自己这些年的一项重要研究成果是冬季马铃薯种植，技术早已成熟，亩产可达三四吨。这项技术已经在别的地区推广，只是未能到达这里，真是可惜啊。

马铃薯的特点就是生长季节最怕下雨，而澜沧县的冬天，温度最低12℃，几乎无雨。这样的气候，更适宜马铃薯生长，且品质更佳。还有，马铃薯是懒庄稼，田间管理要求不高，正适合这里的群众。

他越想越兴奋，这里的条件简直是为马铃薯量身定做！

想到这里，朱有勇不禁对着合欢花笑出声来……

《礼赞大地 5》 陈流 水彩

22. 哑巴与喇叭

蒿枝坝村的冬天，暖暖的。

有多暖呢？如同北方的阳春。

但在这里，人们冬天就不怎么种地了，顶多是往地里撒一把油菜籽，任其随意生长，有多少收多少，看天吃饭。于是，几乎所有的庄稼田都成了闲置地。

靠山不吃山，只能贫穷，四壁空空，衣服洞洞。但当地拉祜族兄弟似乎也很满足，这不是比以前住半山腰强吗？不比祖上强吗？祖上可是连衣服也穿不齐整呢，靠打猎填肚子，饥一顿饱一顿。到了父母辈，还是打赤脚，穿茅草蓑衣。现在还有什么不满足的呢？

于是，冬闲的日子，男人喝几杯自家酿制的苞谷酒，蹲坐在墙根儿聊天。女人聚在一起做针线活，带带孩子。孩子们呢，则追着公鸡乱跑，或骑着肥猪当大象。公鸡受惊了，咯咯地叫着，从东家门口飞到西家屋顶，孩子们也跟着跑过去、跑回来……

家乡有安乐，何必要外出。他们只想守在故乡，整天整天地晒太阳。而且，跑出山外，路途遥远，路费垫不起，还常常受欺骗、被拖欠工钱。不如待在山里，吃一样的干饭，穿一样的衣服，晒一样的太阳，烤一样的火塘，看一样的青山。

十多年前，国家安排的对口帮扶单位——上海市黄浦区曾投巨资，给每家每户免费建造了一座60平方米的房子，让他们从半山腰搬迁下来。

可是，由于没有产业，这里仍是没有出路，只有贫穷。

科学与传统，开始了一场拉锯战。

什么？冬天种洋芋？村民们说什么也不肯相信。

他们吃过洋芋，但从来没有种过，叶片长啥样也不知道。于是，一致表示反对：

扎丕说："澜沧种洋芋，不可能！"

扎娃说："咱们是红土地，太瘦，不是黑土地，洋芋长不了。"

娜努说："冬季种洋芋？从没听说过！"

……

别说蒿枝坝不相信，整个澜沧县都不相信。

无奈，朱有勇决心以身示范。

2015年12月上旬，朱有勇在云山村党支部的协调下，在蒿枝坝村头租种农民的5亩地，开始示范种植冬季马铃薯。

他带着两名学生，除了亲自干活之外，还发动村民打工，人工费每天80元。

12月中旬，从昆明运来种薯，放在温暖处催芽。几天后，薯芽萌动，用刀将种薯切块儿，每块儿各带一个芽眼。草木灰搅拌，晾干后种下。

入土半个月，种薯发芽了。叶呈卵圆形，类似蒿子叶。

一个月后，株苗像儿童发育一样，迅速长至少年，有三四十厘米高。

2月，地温渐高。马铃薯开花了，一簇簇，像喇叭筒，或紫或白，烂烂漫漫。但这些花啊，只是绽放美丽，却与果实无关。每一朵花凋谢之后，蒂结成一枚青胎，似珊瑚球，又像青樱桃，要及时掐掉。

3月，阳光正好，暖气熏人，最是马铃薯们长身体的时候。薯娃娃们在地下日日夜夜地歌唱着、膨胀着。只需一个多月，俱已成年。

4月上旬，原是当地人开始春耕的时候，而现在却破天荒地要收获了。

全村人都来围观。

朱有勇和学生们热情地招呼着村民们，唯恐人少不热闹。

果然，一镢头下去，白白黄黄的马铃薯滚了出来，圆圆的，胖胖的，像葫芦、似倭瓜。

选一个最大个头的家伙，过磅，接近2公斤！

亩产量，竟然达到4.47吨！

天啊！

往日怀疑重重的村民们，此时全变成了哑巴。

旋即，哑巴又变成了喇叭……

23. “博士后”

2016年11月，蒿枝坝二组组长刘扎丕接到通知：朱院士将在村里举办冬季马铃薯培训班，要他上门组织二组村民前去旁听。

马铃薯班学员60名，来自全县，有本村、本乡的，还有外村、外乡的。

朱院士能种出葫芦大的马铃薯，这消息在县里疯传开了。所以，他免费举办培训班，报名者蜂拥而来。这些学员都是朱院士亲自面试选择的“进士”。

寨子里有人开起玩笑，说这是“考上了云南农业大学”。

为了能“考中”，学员们都颇费了一番脑筋。酒井乡坡头老寨的马正发带来一个他种植的重达3斤的芒果。轮到他面试时，便向院士展示“成果”。竹塘乡大塘子村的李扎丕面试没有通过，硬是不离开，在门口兜兜转转，最后感动了朱院士，最终收下了他。

……

刘扎丕接了任务，便早早起床，挨门告知。

这寨子是整村搬迁，房子一样大小，整整齐齐。若说有差异，就是依着山势，地基高低而已。

走过三五家，让他意外的是，家家空无一人，莫不是还没有起床？

房前屋后寻了一遍。刘扎丕发现，有人喂鸡，有人扫地。原来，个个都在干活儿，哪有人在睡懒觉？

这朱院士真不得了，把寨子几百年的“懒气”一扫而光。

以往呢，晒太阳的、嗑瓜子的、喝酒的、睡懒觉的，除了不干活，什么都干。现在完全颠倒过来了！

最后一个旁听学员，找了好久才找到。原来，他跟着朱院士晨跑去了。

开班之前，朱院士给每位正式学员配发了一套迷彩服。

大家齐刷刷穿上，顿时面貌一新，感觉自己变成了一个“战士”。

朱院士请乡政府武装部干部给学员们进行军训：“立正！稍息！向前看！齐步走！一、一二一！立定！”

口号响亮，脚步齐整，精神大振。

往日松散惯了的学员，牢记上课纪律，遵守作息制度。

军训结束后，就是三天理论课，由朱院士和他的博士研究生亲自讲授。而后，课堂就移到了田间地头。

远远望去，一片花花绿绿的迷彩服，分不出谁是农民、谁是院士。

……

几天时间，学员们与朱院士都混熟了。

有一个小伙子，斗胆开起了玩笑："朱院士，你说比博士更厉害的是博士后。你是博士，你的学生也是博士，那我们跟在博士后面学种地，不就是博士后了吗？"

还有的说："听说黄埔军校好厉害，我们参加第一期，算不算'黄埔一期'呢？"

"哈哈哈，哈哈哈！"田垄上响起一片片笑声，震响着这沉寂了千万年的青山和穷山。

24. "黄埔一期"

黄惠川博士是"黄埔一期"的授课老师。

从封闭的教室上课，到"天似穹庐"的野外；从给本科生上课，到面对一班农民学员，他感觉不习惯，太不习惯了！

但很快，他就感觉到了上"田课"的滋味：农民想学种洋芋，你教的就是洋芋，针对性强，效果自然是吹糠见米。在大学里，常有学生打瞌睡。但在这里，个个眼睛都在直勾勾地盯着你。自己有压力，也有动力，便会想尽办法地教会他们怎么切口、怎么起垄、怎么浇水……

说到底，还是朱院士给他做了标杆。

因为，他的研究方向，完全是朱院士影响所致。

黄惠川，白族，1988年8月生于云南省大理白族自治州，2004年考入中国农业大学，专业是农业化学，方向是研制和施用农药。

2007年春天，中国农业大学有一个学术活动，请名家来做报告，其中一位就是来自家乡云南的朱有勇教授。自己所学专业是如何研究和施用农药，而朱有勇教授正好相反，提倡不用农药，利用生物多样性来控病。这不是砸自己饭碗吗？

可是，听课之后，黄惠川的观念发生了颠覆性改变。

2008年考研，他本来可以报考本校，留在北京，但思考再三，还是选报了云南农业大学朱有勇的硕士研究生。

读完硕士，再读博士，始终跟随朱有勇。

在云南农业大学，朱有勇是最受学生欢迎的教师之一。

的确，他在云南农业大学读的大学本科、硕士，当教师之后，潜心农业科技的教学与科研，不断创新，后来又到中国农业大学获得博士学位。他理论、实践功底深厚，视野开阔，授课中形成了鲜明的“朱氏风格”：科研带动教学，教学与生产科研紧密结合。

他的课堂，一位难求。

普通植物病理学、农业植物病理学、分子植物病理学、生物多样性与农业生物多样性、遗传多样性与植物病害控制理论和实践……一线教学的长期打磨，使他的每个课题都精彩纷呈。其中，学生最欢迎的还是朱院士讲授的植物病理学——这可是他积累了20

多年的系统完备的宝藏啊！

这是立足于云南丰富的生物多样性资源、结合自身科研工作、拥有自主知识产权、领先世界的国际学科前沿新知识！

在大学里，博士生平时能见到院士已经很不容易，但在这里，农民们却有机会天天听院士授课、与院士切磋。

这，真是全国唯一了！

25. 院士是干啥的?

张小八的家，和蒿枝坝所有的房子一样，都是一个样式。

不同的是，他从山上扒下一块青石板，摆在家门口，充当凳子。干零活、聊天、歇凉，屁股不离青石凳。

他也是朱院士的学生。上课回来后，在家里练习切割种薯。

一块种薯，天生留有深深浅浅的芽眼，像人类脸上的酒窝、腹下的肚脐。那是马铃薯再生长的胚胎。张小八横一刀，种薯眼睛没有了，再竖一刀，头也断了。

他双手笨拙地操作着，如张飞绣花。

正在这时，他忽然发现身边围了一圈人，有朱院士，还有几位博士老师。原来，朱院士上完课后，经常家访，给学员查漏补缺。

朱院士呵呵笑着，接过张小八的刀，把种薯放在砧板上，“嗖嗖嗖”几刀，4个芽刚好切成4块，芽头眼睛一个不缺。

他再拿一个，来个慢动作，讲解说：“你朝底面看看，数数有几个芽眼，以芽眼为中心。几个芽眼，就切几块，保证每一块上面都有。”

《朱有勇 2》　陈流　水彩

朱院士还秀了一把“裸切”的绝活：不用砧板，左手两指捏住种薯，刀起薯落，力度刚好破开薯块，丝毫不会碰到手上。

张小八惊叹：“搞科研，院士无敌；练刀功，也厉害呀！”

村里的一些少数民族群众，并不知道“院士”这个称号所代表的荣誉和分量。

“院士是做什么的呢？”

“院士和战士一样，都是当兵的吧。你看朱院士满脸笑容，不像当官的。”

有一次在田地里，一个农民壮着胆问朱有勇：“我们都叫你院士，是不是级别叫小了？是不是应该叫院长？”

朱有勇听罢，开心大笑起来：“你们不是说院士就是战士吗？我就是一名战士，一名老战士。”

院士干啥的？

院士就是做给群众看、带着群众干的！

生在农村，知青当农民，大学读农业，工作教农学，当院士是“农民院士”，一辈子与“农”结缘。

最前沿的科学技术，国内顶尖的院士专家，与最偏远、最贫困的“直过民族”相碰撞，在中国西南边陲一隅，悄然引发着一场深刻的变革。

青山绿水间，开辟出一条科技扶贫的新路！

与群众走近了，科技小院更热闹了。

朱有勇的屋里，准备了两套待客用具：一套大水杯，一套小酒杯。晚上有村民上门，先递上烟，然后倒满水、斟满酒，聊天。

拉祜族男人有一个习俗，爱喝酒。平时聚会就要喝酒，晚上串门聊天，也要喝几杯。双方碰杯之后，要一口喝干。如果实在不能喝干，碰杯时要用手指碰对方杯子，避免听到响声。那样，对方会眨眨眼，诡秘地一笑，也算是理解和原谅。

与喝酒相伴随的，就是歌舞，这更是拉祜人与生俱来的风俗了。

喝酒之后，人们站起来就要唱歌、跳舞。男女老幼，全无羞怯。

有一天清晨，朱有勇开门晨跑，猛然发现门口放着一个瓦罐，原来是不知谁送来的刚炖好的甜笋煮鸡。这可是当地人招待贵客的特色菜。

还有一天中午，朱有勇换下汗水湿透的衣服鞋袜，就赶着出门下地了。傍晚回来时，发现有村民早已把衣物洗净晒干后又送了回来。

朱有勇抚摸着那满是太阳香气的衣服，心底暖融融……

第五章　遍地都是金娃娃

几乎没有人相信，冬季马铃薯会成为澜沧县农家的“新媳妇”。

马铃薯起源于南美洲安第斯山区，原产地栽培的安第斯亚种形成了对短日照、低温度的适应。在传播过程中，马铃薯首先到达欧洲，经过长期驯化，形成了适应长日照的栽培亚种。在欧洲和我国北方，马铃薯生长在长日照的夏季，这些品种引种到短日照的云南种植后，表现为生育期缩短、地上部矮小，因而产量较低。

长期以来，云南各地种植马铃薯只限于夏季。经过科学家的多年努力，也培养出若干高产品种，与内地产量相差无几。但在冬季种植马铃薯，却是史无前例。

早在2004年，针对云南高山地区冬季土地闲置问题，朱有勇团队就进行了马铃薯种植试验。经过几年攻关，终于深度改造其生长特点，并培育出几个高产、优质品种。

2008年左右，冬季马铃薯开始在部分地区试验推广，取得良好效益，种植技术也逐渐趋于完善。

2014年，该项目成套技术荣获“云南省科技进步奖特等奖”。

在获奖文件里，有如下陈述：

在国家马铃薯产业技术体系、省“十一五”攻关、省重大专项等支持下，针对深度贫困的云南边疆热区受季风影响、干雨季分明、长期雨季种稻旱季冬闲、迫切需要利用冬闲田开发冬季马铃薯产业进行扶贫攻坚，而国家产业规划中云南冬季马铃薯被长期忽略且技术匮乏的实际，进行科技攻关。

经过十余年研究，把云南热区冬季生境特点与马铃薯生物学特性耦合，构建了优质高效技术体系，形成了三个突出的创新点：

一是冬季生境特点与马铃薯生物学特性耦合，建成我国最大的冬季马铃薯产区；

二是创建优质高产栽培技术，创出了我国冬季马铃薯最高亩产；

三是构建病虫害绿色防控技术体系，大幅度减少农药用量。

……

如今，这尊贵的“新媳妇”，通过朱有勇做媒，嫁入澜沧，俨然反客为主，正在成为这片土地上的新主人……

朱有勇带来的马铃薯品种，名为丽薯6号。

最让人惊奇的是，这个品种似乎与澜沧县极有缘分，特别适合。

普通马铃薯，每株可结果实10多枚，但单个体量小，如鸭蛋，总产量并不高。但在这里，由于温差大，刺激生长，加上水土条件适宜，每株虽然只结果3—5枚，但体态健壮，大如葫芦，亩产可以

《朱有勇 3》 陈流 水彩

突破4吨！

这个品种，白皮白肉，淀粉含量13%左右，香脆可口，最适合北方人的胃。

26. 苦孩子的哭与笑

1984年3月，张六金生于蒿枝坝一组。刚刚满月，父亲便因病撒手西去。更加不幸的是，办完丧事的当天，母亲也离家出走了，从此杳无音信。

在此之前，他的爷爷、奶奶也早已病故。

好可怜的孩子！

一位本家大伯心疼这个侄儿，把他抱回家。可大伯家里还有5个孩子，都吃不饱肚子。更加悲催的是，几年后，大伯也因病去世了。

张六金的苦日子，可想而知。

从12岁开始，张六金就外出打工了。先是到一家餐馆，包吃住，没有工钱。几年后，他又到了一家私人企业。那是一个采石场，悬挂在半山腰，四周都是裸露的岩石。小小的张六金负责引燃雷管炸药的导火索，极其危险。"咚"的一声，石破天惊、地动山摇，张六金死死地捂住耳朵，但还是耳膜嗡嗡，撕裂般疼痛。大石块小碎石马蜂般飞过来。他趴在远处的岩石后，瑟瑟发抖。

放炮一天，工钱5元。

炸一天岩石，浑身臭汗，满头石粉，好累啊，好险啊，终于又活着回来了。回到窝棚，他和粗犷的工友们一起，抽烟喝酒，放纵一番。

到了适婚年龄，可是谁肯嫁给这样一个无家无业的孤儿呢？好在天无绝人之路，蒿枝坝三组有一户人家没有儿子，只有两个女儿。于是，两厢情愿，他便成了上门女婿。

女方家也穷啊，岳父有病，不能干重活，常年需要吃药。

家里5亩地，一年只种一季玉米。收成稀稀落落，勉强可以温饱。

随着孩子的出生，住房又紧张了，但要盖房，谈何容易啊。

2012年，张六金东挪西借、南躬北誓，终于筹款成功，盖起了3间土坯房。

大儿子4岁时，小儿子又出生。孩子都是小天使，可爱极了。可长到两岁的时候，小儿子的右手掌上出现了一个小黑斑。黑斑随着孩子的身体，慢慢长、慢慢长，竟然长到一厘米大，像一枚饱满的黑豆，紧绷绷，似乎一触即爆。

小心不能触碰，孩子时时痛得嚎哭。

去乡卫生所、县医院。医生们纷纷摇头："这里治不了，你们去昆明大医院吧。"

2015年3月，张六金夫妻再次贷款1万元，赶往昆明。上午10点动身，一路颠颠簸簸，到昆明的时候已是晚上10点了。

第二天，辗转找到医院。医生告知：住院费和手术费需要3万元。

3万元，简直是一个天文数字！

夫妻相顾无言，只好放弃治疗。

回家的路途中，夫妻俩几度抱头痛哭。儿子看着他们哭，更是号啕不止。四面青山同情地看着他们一家人，也在陪着叹息，陪着痛哭……

2016年，张六金听说村里来了一位科学家，号召大家种洋芋。他不相信，就没有响应。

第二年，看到别人种洋芋发财了，他便偷偷跟着栽种。他没有文化，不好意思参加院士的冬季马铃薯培训班，只是模仿别人，起垄挖坑下种。洋芋收获时，别人每亩赚1万多元，可他的5亩地，只赚回1.4万元。

虽是如此，也比往年收入好多了。

2018年冬天，张六金下定决心，专心种洋芋。为此，他东询西问，南求北告，多方取经，掌握了一个个技术要领。

那一天，他翻整了土地，小心翼翼地取来种薯。这时，正好朱有勇从田边走过。

“呵呵，你切种薯的方法不对路啊，我切给你看。”说着，朱有勇走到垄前，接过张六金的刀子：“切一个芽口没保证，最好切两个。”

朱院士低头切薯，单腿跪在垄上。

他说：“每株种20—25厘米深，距离40厘米。起垄不能太密，大约在1.2米。每亩的株数最好是4667株……”接着，又告诉他浇水的注意事项。

这一年，张六金的5亩洋芋，赚回2.4万元。

随着种洋芋收入的增加，张六金的生活也在发生着一系列根本变化。

由于他家已被确定为建档立卡贫困户并被列为农村危房改造项目户，因此可获得国家补助。另外，在此基础上，还可以申请无息贷款2万元。有了这些，再加上洋芋款，2018年秋后，他拆除土坯房，盖起了一座二层小楼。

也是在这一年，驻村第一书记告诉他，小儿子的手术可以在澜沧县人民医院做了，并帮助他联系了医院，办理入院手续。

手术十分顺利，诊断是良性血管瘤，共花销9000多元。

由于是建档立卡贫困户，再加上国家医保等优惠政策，这9000多元费用，大多可以报销，只需要自己承担479元。

“479元？只要479元？”张六金反复问。

对，没错！

夫妻俩相视而笑，接着又抱头痛哭。

只是这一次，是幸福的号啕。

2019年春天，洋芋出售后，他们不仅还清了所有外债，还用9000元购买了沙发、电视、电视柜等，把新房“武装”了起来。另外，还拿出6800元，买了一辆摩托车。

我采访的时候，是一个傍晚。

我们坐在张六金家新建的小楼前，听他谈论现在的幸福生活。

他的妻子，刚刚参加过朱有勇院士创办的为期3个月的养殖培训班。她说，收获太大了，计划做“三军总司令”：养鸡50只，养牛3头，养猪20只。

他们的两个儿子在一旁玩耍，身边围绕着3只小狗。本来，张六金家只养了一只狗，谁知又来了两只小小的流浪狗。儿子可怜它们，就收养了。两只外来狗十分淘气，站起来，后腿着地，腾出前爪，扒在小主人的肩上。但它们又很懂事，似乎知道小主人的右手做过手术，并不触碰。

谈话间，张六金夫妻两人发生了一个小摩擦。

张六金告诉我，外债都还清了。

妻子却白他一眼："还有两万元，你不想还了吗？"

张六金一愣。

原来，妻子指的是国家支持的建房款两万元。虽说是无息贷款，但总是要偿还的。

张六金嘿嘿地笑了。

27. "得吃了"

酒井乡坡头老寨有33户人家，马正发单家独户住在半山腰。

他有一句口头禅："得吃了！"

庄稼有了好收成、办成一件漂亮事、儿子考了好成绩，他都会乐呵呵地说："得吃了！"

可是，这个短头发、高颧骨、黑黝黝的40多岁汉子，好久"不得吃"了。

独门独户的房子周围，全是他的土地。山场、旱地、水田，加起来虽然有100多亩，但能种庄稼的只有20亩左右。其他的土地，租给别人种桉树，每年每亩租金15元，简直等于拱手相送。

两个孩子、妻子、岳父，全家5口人，都指望这20亩庄稼地。马正发是一个典型的勤快人。为了改变家境，他将其中18亩地种上玉米、红薯和蔬菜，另外两三亩地摸索种芒果，早熟的、晚熟的、嫁接的等，达20多个品种。单是一棵芒果树上，就能长出好几种果子，桂七芒、青皮芒、凯特芒、红象牙芒、贵妃芒，有青色的、鹅黄的、粉红的。

别人称赞他，他笑一笑说："别看我整天忙忙碌碌，可都是穷忙活，粮食只是够吃，芒果产量不高，而且路又远，卖不动，还不得吃。"

的确，马正发一年的收入，除了供孩子读书和家人看病开销之外，也仅仅是维持温饱。

两个孩子都爱读书，将要陆续参加高考。如果考上大学，学费和生活费从哪儿来呢？

还有岳父，年纪大了，近两年经常生病住院，更是把家底都掏空了。

朱有勇在蒿枝坝创办冬季马铃薯培训班的消息传出后，马正发听说不用交学费，就主动报名去了。

他是一个精明人，面试的时候，担心院士不肯收留，就带上一个大芒果，以证明自己是一个科学种田人。

果然，竞争十分激烈。每个乡镇录取名额是2人，但报名者都有30多个。

朱院士看着马正发的大芒果，很感兴趣，问："你家的地靠近河水吗？"

"是的。"

院士高兴了："你平时喜欢种蔬菜和果树吗？"

"我种了20多年。"

"很好！"院士又赞了一句，"你想致富不？"

"我怎么不想致富？我穷得不得了。"

……

过了几天，通知书到了。

马正发所在的冬季马铃薯培训班共60人，来自全县各乡镇。学时累计100天，刚好是从种植到收获的一个生产周期。

学期内，学员们时而集中培训，时而回到自家田地里实习，理论和实践相结合。所有集中培训的时间，全在马铃薯生长的每一个节点之前，而所有的种子与化肥都由院士团队免费提供。

……

整地有讲究，要尽量选择肥力充足、浇灌方便的地块。前茬不能是茄子、辣椒、番茄、烟草；

起垄要浅，深度在10—15厘米；

种薯重于一两，需要切块。每个切块要有1—2个芽眼，直切，芽眼尽量在顶部，这样更易于生长；

种薯切块后，要稍晾晒，帮助伤口愈合、木栓化；

种薯入土，离地面2寸左右；

开花之前，每周一次浇水；

开花之后，10天一次浇水；

收获之前一个月，停止浇水，避免烂薯……

……

第一年，马正发就“得吃了”。

他的亩产量2.5吨，虽然比不上别人的亩产2.7吨，但他觉得已经很多很多了。

2018年，马正发下大力气，精心耕种，亩产达3.6吨，最大一个洋芋1.8公斤，总收入达到6万元。

马正发越干越有劲儿。2019年，收入竟然超过9万元。

收获时节，他的地头引来好几家收购商。这些商人有的来自湖南，有的来自四川。销路呢，除了国内，还销往缅甸。

缅甸不出产马铃薯，也是一个大市场啊。

马正发出名了，寨子的乡亲们经常登门拜师。

朱有勇叮嘱他："这个片区，你是带头人。你学得好，要毫不保留地教给别人啊。"

马正发高兴地说："院士不收我学费，我怎么能向别人要钱？只要他们好好学，我肯定分文不取、尽我所能。"

全寨33户，有28户报名了。未报名的有4户，是在外地打工，还有1户是残疾人。

马正发申请了100亩的免费种薯和肥料。朱院士欣然同意，照单全付。

他拿着花名册，按照亩数，挨家挨户地送过去。

寨子有10多户建档立卡贫困户，最先"得吃了"的是张忠海。

张忠海，28岁，父亲过世，与母亲相依为命。他只读过小学，又没有什么技能。媳妇嫌他贫穷且没有能力，执意离婚走了。他心情低落，便寄情烟酒，导致家徒四壁、外债累累。

张忠海家有8亩地，原来只是种玉米、稻谷，一年的收入仅有1000多元。现在看到马正发种洋芋赚钱，他也动心了。

2019年，张忠海在马正发的帮助下，种了3亩洋芋，赚回3万多元。当年，他不仅还清了所有外债，还买了一辆摩托车。

有了摩托车，张忠海的腿脚更“长”了。

他发现250公里之外的西双版纳州不适宜种植洋芋，因而市场上货源奇缺。于是，他试着用摩托车驮过去200斤。每斤售价5元，竟然很快被抢光了。于是，他瞄准这个商机，把自家的洋芋全部运送了过去。

在销售过程中，张忠海结识了当地一位女青年。这个女子未婚，欣赏他的勤劳，却又担忧他的贫穷，于是便和父母一起来到张忠海村里调查。

他们看到满地硕大的洋芋，惊奇地说：“你们这里能长出这么大的洋芋，看来‘得吃了’。”

当年秋天，两人结婚。

岳父岳母也迁了过来，决心与女婿女儿一起种洋芋。

28. 我是薯王

上允镇下允村帮腊组的卫成金，实实在在是一个苦命的汉子。

他有多穷呢？

父母生下8个娃娃，成活5个。卫成金是老大，生于1976年。在他13岁那年，父亲生病去世。又过了两年，母亲也因癌症不治而亡。

15岁的卫成金，带着4个孤儿弟妹，吃稀饭、住烂房，艰难度日。

房子有多烂呢？ 前些年普洱地震，他家房屋倒塌了。地震过后，当地政府派人来验定灾情、补偿损失。别的受灾户都补贴了七八百元，卫成金却没有分毫。他去申诉，工作人员说：“你家的房子本来就是倒塌的，与地震关系不大。”

千辛万苦，终于长大成人。

不用说，苦命人卫成金是一个能干的汉子，风里来，雨里去，干得一手好农活。

2017年，听说朱有勇院士在蒿枝坝创办冬季马铃薯培训班，他很想报名，但家里活计太多，脱不了身。

他鼓动邻居去参加，可邻居担心冬天种不出洋芋。他说："洋芋本来就喜冷凉嘛，为啥种不出呢？我试验过的，只是不高产罢了。"

第二年，卫成金主动报名。他的态度端正、基础厚实，顺利被录取。

上课期间，他认真听讲。老师的讲授，全部刻记在脑子里。

切种薯，每块保证1—2个芽口，重量至少15—20克。起垄时，土要扒深，土质要细，薯才结得多，还要往土里撒上少许石灰粉消毒，然后才种下去，株距要保持40厘米。

种下之后，浇水也有讲究。浇水多少，要看土质。土质粗糙，1周浇水1次。如果天气干热，要1周浇水3次。如果下雨了，就赶紧去排水，否则幼薯会烂掉。

下种时一次性下足肥料。如果肥力不够，就要追肥一次。

天天和田地打交道，种地几十年，早已是老手。结合老师教给的方法，再种洋芋，并不手生。况且，下允村土质好、水源足呢！

冬洋芋虽说是懒庄稼，但也有窍门：最好在公历10月10日至12月20日之间种下。如果晚于这个时间，由于温度升高，要么不结果，要么结果少。

2018年冬天，卫成金种了9分地，收获3.3吨，全县亩产最高。

拿到市场批发，3000元一吨，卖了9900多元。第二年，仍是9分地，收获4吨，更是全县最高产，得款12000元。

别人问他有什么秘诀。他浅浅笑着说："朱院士的经验，都是真经，只要你不折不扣地执行，好好浇水，好好管理，哪有不高产的道理？"

他的几个弟弟妹妹，在他的带动下，也都种起了洋芋。

这些洋芋啊，没有让他们失望，个个长得虎头虎脑、敦敦实实。

2018年4月，卫成金接到马铃薯班老师的电话，要他去参加"薯王"评比。

原来，朱有勇院士为了进一步鼓励农民种植洋芋，提出要在全县评选"薯王"，谁能种出全县最大的洋芋，他要亲自奖励5000元。

卫成金赶了几十公里山路，来到蒿枝坝。

参赛人很多，来自四面八方，共120多人。人人怀抱着洋芋，像是一个个金娃娃。不用说，都是各自家里最大的那一个。这东西，谁也不能造假，谁也不会造假。

谁的洋芋最大？

众目睽睽，现场称量！

刷了一遍又一遍，大的，较大的，更大的，最大的——1.75公斤！

卫成金微笑着上台了，古铜色的脸庞上泛着金光，心底更揣着钢铁般的自信。

他举起自家的洋芋——1.95公斤！

薯王！

朱有勇兴奋地走上前，拍着他的肩膀，现场奖励5000元。

朱院士教给的办法，简直是土里生金。

卫成金打算扩大种植，但自家地亩数太少。由于父母去世早，当年分地时，弟弟妹妹年龄太小，又没有户口，自然吃亏。

他盘算着，决心流转土地，大干一场。

29. 两个大学生

有人说拉祜人懒散，冬天只是晒太阳。

“不是的！那是你们不了解。只要有盼头，他们比谁都勤快！”说这话的人叫刘里保。

刘里保，1973年7月生，蒿枝坝二组村民。他皮肤黝黑，身材魁梧，精明强干。

说他精干，也的确精干。他有两个儿子，近两年都考上了大学。这在寨子里，是独一份。老乡们啧啧称赞，他自己也满脸微笑。但很快，这些缕缕笑容，又化为声声叹息。

因为学费，昂贵的学费！

刘里保两口子有10亩地，种水稻、种玉米，年收入仅仅有三四千元。秋后收完玉米，田就闲置了，直到第二年春天。这个空窗期，刘里保就去周围村里打零工，妻子呢，就在家里养猪。

夫妻两人忙碌一年，收入也不过1万元。

两个儿子都很争气，大儿子考入云南民族大学，二儿子被红河学院录取。学费靠贷款，夫妻的收入，仅仅只是供应伙食费。

学费年年靠贷款，最多时超过5万元！

虽然压力山大，但刘里保无怨无悔。自己只读过3年小学，名字也写不好。没文化，太吃亏，再怎么难也要让孩子读书呀。

和大部分村民一样，朱有勇第一年号召大家种洋芋的时候，没有人相信。直到他的5亩示范田收获之后，村民们才一拥而上。

第一年，刘里保试种1亩，收入2000元。

紧接着，他扩大到5亩，收入2万多元。

2020年，他干脆把全部土地都种上了洋芋，收入超过5万元！

除了洋芋，家里还养了10头猪、60只鸡。一年下来，存款七八万。

……

如今的刘里保，再也没有叹息了。不仅外债全部还清，两个儿子也都可以安心地读书了。

30. 触　网

冬季马铃薯能致富！

喜讯传开，澜沧县推广了2万多亩马铃薯。

短短几年时间，朱有勇带领澜沧县各族群众，形成了从种植、管理，到收获、售卖，再到开设网络店铺、直播带货的一个从生产到销售的完整扶贫链条。

有记者做过调查：每年3月至5月，北京市饭馆里的醋熘洋芋丝，85%左右来自云南。

冬季马铃薯的热销，是因为打了一个时间差：正好在春节前后上市，是独一无二的鲜货。待到5月份，山东、福建的春季马铃薯上

《朱有勇 4》 陈流 水彩

市，价位就下落了。

往年3月开始，全国各地的经销商纷纷来到澜沧县，收购新鲜冬季马铃薯。

但是2020年春季，由于新冠肺炎疫情影响，春节已过去两个多月，经销商们还是不见影子。

满地的“金娃娃”们，让大家急红了眼。

疫情期间，云南农业大学与电商平台合作，开展“在线实践、直播家乡、助力扶贫”活动，鼓励大学生走入田间地头，直播带货，助力脱贫攻坚和复工复产。

朱有勇灵机一动，这不正是一个好机会吗？于是，他主动提出要亲自直播带货，“触网”冲浪。

这个提议，让学生们大吃一惊。平时，他基本不接受媒体采访，经常回避记者。去年，中央电视台春节联欢晚会邀请他出镜，他也婉言谢绝了。他从来都与商业撇清，以纯粹之心搞研究。

但现在，这是帮助农民脱贫啊。

大家恍然大悟。

2020年4月7日中午12点55分，朱有勇来到云山村蒿枝坝，直奔田间。

直播地点就选在村民刘长保的地里。这个地块，正好处于马铃薯基地的中间位置。

100多人闻讯而来。

朱有勇和大家一起，开挖洋芋。

田里的洋芋们，都翻身露出肚皮，圆滚滚、肥嘟嘟、白胖胖。

朱有勇抖一抖裤脚上的泥土，戴上草帽，面对眼前的手机，清一清嗓子，开口直播了：

“……你们看，我手中的冬季马铃薯，芽眼浅、皮光亮、个头大……”

直播平台上，呈现出朱有勇朴实真诚的笑脸。这张笑脸，面向全国各地。

他俏皮地把两个最大的洋芋，齐耳举起，与自己的脸庞相比较，几乎不相上下。

院士当主播，为澜沧县冬季马铃薯“代言”，马上在网络上掀起了一阵旋风。

线上线下，纷纷咨询，交易频繁，潮水般涌动。

直播带货，仍在继续。

田间挖洋芋之余，朱有勇院士也不忘向网友们秀一波厨艺。

就在田边的农家小院，一口铁锅、两个洋芋。朱有勇系上围裙，抄起菜刀，又变身为厨师。

在煎炒的喳喳声中，只见他不慌不忙，舞动双手，切葱碎姜，加盐添醋。眨眼工夫，一盘清爽可口的青椒洋芋丝出锅了。

还有别的花样，炒洋芋丝、炸洋芋片、炖洋芋球、炆洋芋泥……

最精彩的环节，是朱院士与朱永情比赛切洋芋丝。

朱永情可是蒿枝坝秀情农家乐的老板兼大厨啊，天天刀不离手。

场上真枪实刀，居然不分伯仲。

网友直呼过瘾，更佩服朱院士能文能武。

1个小时的直播，吸引了54万网民观看。

当天挖出的25吨洋芋，销售一空。

其实，朱有勇早就有了“触网”思路。

几年来，他在教会拉祜族群众种洋芋的同时，也在思考着如何开拓市场、打开销路。对于电商、直播等新生事物，他也甘当小学生，在用心学习哩。

2019年11月，在培训班开班时，朱有勇就开始邀请电商平台讲师，向学员们普及电商知识。参加培训的60名学员从零开始，学习怎样开店，怎样提高店铺运营效率。学成之后，有十几个学员在电商平台上创办了属于自己的网络店铺。

这次直播带货，不就是最好的现场教学吗？

其实，作为朱有勇的重要代表作之一，冬季马铃薯技术体系从2008年开始，已走向云南省多个州市。截至目前，已累计推广17万亩，而它的市场已经遍布北方各大城市。

那袅袅的飘香，是云南的问候，是澜沧的味道。

在澜沧县农村，人均收入3700元即可脱贫。

而在这里，家家都有洋芋田，家家都有“金娃娃”！

……

洋芋、土地、沉默土地上的农村。

太阳、阳光、雪亮阳光下的农业。

生命、生活、现代生活中的农民。

一切都在发生着变化，一切都在变得富裕，且美丽……

第六章　天作之合

冬季马铃薯正在走进千家万户，给当地老百姓带来滚滚财源，但朱有勇并不甘心，更不知足。

是啊，冬季马铃薯只是一个单独的种植项目，在全国竞争激烈的市场中具有暂时优势，一旦市场饱和或被别的品种替代，辉煌将不复存在。而且，种植冬季马铃薯的农户局限于自然条件较好的平坝地带，大多数生活在深山里的父老乡亲位置更偏僻、生活更贫穷，且大都不会说汉语，致富技能更低。

朱有勇的苦恼，犹如愁云浓雾，在心头郁积。

他的大脑，每天都在雷达般地转动着，搜寻着实用的致富秘径。

2016年11月的一天，朱有勇和学生们在竹塘乡考察。走累了，便到附近的松林中休息。

谁知，刚刚坐在地上，浑身竟然霍地产生了一种触电般的感应。

他，不由自主地大喊一声！

31. 三七是什么？

中国人大都听说过三七。

三七，又名金不换、南国人参，是一种药食同源的名贵药材。

三七，属多年生草本植物，因其生长期为三至七年，且每株三个叶柄，每个叶柄上有七枚叶片，故而得名。

这个名字，最早出现在李时珍的《本草纲目》：“或云本名山漆，谓其能和金疮，如漆粘物也，此说近之。”关于效用，李时珍特别指出：“云有奇功，能治一切血病。”这里的山漆，即三七。

三七和人参，同属五加科人参属植物，外貌极其相似。

其实，这两种植物的主要有效成分，都是皂苷。

皂苷，是一组结构多样的天然化合物，广泛存在于植物根、茎和叶中，由皂苷元和糖、糖醛酸或其他有机酸组成，具有特殊的生物活性，对于保肝活性、免疫调节、心血管系统诊疗等具有显著功效。

现代医学研究证明，三七中皂苷的含量可高达10%以上。所以，在人参家族中，三七被称为“参中之王”。

20世纪80年代之后，国际医学界对皂苷的研究进入活跃期，不仅一些复杂的皂苷结构得到证实，而且还纠正了以往结构鉴定中的许多错误。

的确，传统中药界对药材的药理比较模糊。

人生病，找郎中，吃草药，病好了。但是，这些草药中具体是什么成分起到关键作用，这些成分是什么物质、什么分子结构，我们都不得而知。

这些，正是中药现代化的瓶颈！

中草药和植物药为什么能够治病？说到底，就是因为其中含有一种特殊的活性分子。要实现中药现代化、提高中药的质量和疗效，首要问题就是精准地提取这些活性分子，并科学地激活和使用这些精华。

众所周知，这些活性分子通常含量低、结构多样且不稳定，极难分离纯化。进行工业化大规模提纯，更是难上加难。

药用植物标准提取，是以现代提取分离技术为依托，在植物原料药和植物提取物基础上发展起来的一种新兴高技术产业。1965年，德国医学家经过20年的努力，以全球第一个植物标准提取物——银杏叶为原料，研究出新药天保宁（tebonin）并上市销售。该药一经问世，便引起了全世界的强烈反响。

1991年，瑞士医学家开发的世界上第二个植物提取物——人参提取物G115诞生。以G115为原料生产的某型软胶囊，上市第一年的销售额就超过1亿美元。这个在中国《神农本草经》“序录”中排名第一的古老植物，通过现代分子研究，焕发出了令人夺目的光彩，迅捷进入世界健康产品主流市场。这也让我们认识到，在传统加工工艺基础上，应用现代制药工程的提取、分离和纯化技术，促进中药标准提取物的产业化，是中药现代化和中药产品进入国际市场的基础。

几乎与此同时，中国医学专家把研究重点瞄准了三七。

三七含有与人参相似的皂苷成分，其分子是由4个六圆环组成的基本骨架、8个碳原子组成的侧链和若干的官能团组成。

总之，三七是皂苷含量最高、最适合工业化生产的天然资源，其茎叶、花蕾、果实、果梗等都含有皂苷成分，只是每个部位的含量有所差异，构成也有所不同。

三七皂苷的工业化生产，为医药品、保健品以及化妆品等产品提供了新型天然原料，是一个无限光明的“洞天”。

作为活血止血、化瘀定痛的特效药，三七是360多种中成药制剂的关键原料，涉及1300多家中药生产企业，近千亿产值规模。

这样说吧：现在，国家保密中药中保密期为永久的只有两个——云南白药和片仔癀，而云南白药的主要成分，便是三七。

然而，正是这味神圣的名贵药材，却在不经意间陷入了一场关乎兴亡继绝的危机。

因为，野生三七，已经灭绝！

说起来，真是让人匪夷所思。

三七对自然条件要求极其苛刻，不耐寒、不耐热，只能生长于18—25℃之间，而且，阳光照射的强度和长度也多有限制，稍有不适，随时死亡。正因如此，几十年来，由于人类过度采挖和生态变化，野生三七早已荡然无存，只能人工种植。

即使人工种植，也需要格外呵护，因为三七异常娇弱，性情多疑，时时生病，极易夭折。据专家介绍，三七只能生长在北纬23.5度附近地区。此外，三七还受制于“连作障碍”：由于其生物特性，种过三七的土地，15年之内不能再次种植，否则极易发生病害，大幅减产，甚至绝收。

2005年以前，中国95%以上的三七出产于云南省文山壮族苗族自治州一带。由于“连作障碍”所限，2006年以后，种植区域逐步向外地迁移。加上都是大田种植，为了增加产量，抑制病虫害，种植户们不得不使用化肥和农药。

结果可想而知，三七品质大大降低。

与此同时，囿于传统的种植模式和新技术研发与推广不力，良种缺乏、抗性退化等难题，三七危机不断深化。

而与之相反的是，近年来，随着医学界对三七的开发和人类生活品质的提高，三七类产品的市场需求量正在以每年20%左右的涨幅快速递增。全国需求量从过去每年5000多吨迅速达到并超过3万吨，无论是市场需求还是应用范围，均已超过人参产品。

医药专家认为，如果出现三七原料荒，我国中医药相关联行业将面临重大危机，众多治疗心脑血管疾病的成药将成为无源之水。

这，更是一个世界性难题！

32. 救救三七

2007年5月的一天，朱有勇正在云南农业大学实验室埋头于水稻研究，文山壮族苗族自治州政府的有关领导登门拜访："朱教授，请您救救三七吧。文山如果不能种三七，损失太大了！"

朱有勇苦笑一声："可我是搞水稻的，对三七，是外行啊。"

文山壮族苗族自治州的苦恼和危急，也惊动了云南省委。此后不久，省委常委会专题研究这个问题，特意邀请朱有勇列席。会上，省委领导要求云南农业大学介入、关注，予以解决。

朱有勇随即走进文山壮族苗族自治州，现场调查。

一趟文山行，使朱有勇的心灵受到极大震撼：云南白药，是中医的名牌，更是云南的名片。如果三七从文山消失，那么云南白药怎么办？中医的脸面放哪里？自己是农业科学家，三七是特殊农作物，这个难题，不能回避！

朱有勇下定决心，向三七进军！

《朱有勇 5》　陈流　水彩

于是，他在文山壮族苗族自治州一户农民的三七地里设置试验田，开始研究。

三七的生产周期是3年。通过一个周期的观察和研究，朱有勇终于在理论上有了比较全面的了解和掌握。

2011年，朱有勇又在云南农业大学位于昆明市寻甸县的现代农业教育科研基地（大河桥农场）试验田里划出50亩土地，专门用于攻关。

为什么三七不能连续种植呢?

以往权威观点认为，这是因为三七内涵丰富，会耗尽地力。可是，为土地补充足够的所需营养之后，为什么仍然行不通呢?

朱有勇决心调整路线，从反方向研究。

他从水稻的系统理论中受到启示：经过人类几千年的干预和影响，水稻的遗传特性已经大大改变，变成矮秆且耐肥，并且形成了一个基本驯化的遗传和生长体系。而三七人工种植历史太短了，过去野生在深山密林和乱石缝隙中，都是纯粹而又清瘦的自然环境，没有化肥，更没有农药。人工种植以来，由于时间太短，并没有从根本上改变其野生特性，如果只是像对待水稻一样，施以大水大肥，便会使它富营养化，从而胎死腹中。就像喂养家鸡和野鸡、家猪和野猪，必须特别照顾它的野性，若非，效果适得其反。

朱有勇，终于找准了思路!

只是，这是一个全新方向和未知世界，需要大量的试验去探索，去支撑，去丰富，去建构，去破解……

在试验田里，朱有勇头戴草帽，带领着十多个博士生和硕士生，日夜研究，苦心孤诣。

每年需要做1000多种实验，每天三四个。快马加鞭，争分夺秒！

解决国际难题，处处是难点。土壤内涵、微生物、肥料、因子等配比十分复杂。即使是水和肥料，其分量也需用天平精准称量，再一个个地进行试验排除。

关键是土壤。朱有勇把各种土壤、微生物和微量元素进行配比，进行试验。但这种配比搭配并非试剂，不能马上见效果。对三七，可要耐着性子，因为它种下后需要生长，只在每年3月发芽。因此，一年只能做一次实验。

从种下到收成，才算完整的一轮试验。水稻周期是3个月，冬季马铃薯周期是100天。而三七呢，最少要3年。

另一个难关是消毒。

土壤中潜藏着多种病原菌，孰益孰害、孰敌孰友，是谁在暗暗作祟呢？

朱有勇想：高温，总能把“敌人”一网打尽吧？

他和学生一起，把种过三七的土壤，像蒸米饭一样，以每100公斤为单元，放进蒸锅。蒸，给我狠狠地蒸！

蒸了几千锅，终于凑成半亩地。

在这“凤凰涅槃”的土壤里，再次栽种三七。天天期盼，直到第二年3月的某一个蒙蒙亮的清早，三七冒出了嫩芽。

继续观察，嫩芽正常发育、长势良好！

土壤中的病原菌种类太多了，那么，到底是哪一种制约着三七的命脉呢？

再次进行分类试验。

又是数千批次的土壤配方。

每一种配方土，都试种一块试验田，观察土壤效果。

愚公移山，遥遥无期!

苦恼，像大山，无边无际；像海洋，烟波浩渺。

日子黑黑白白，季节青青黄黄，希望闪闪烁烁，心态明明灭灭……

33. 拯救中药

2011年9月，由于极度劳累，朱有勇患上了荨麻疹，疙疙瘩瘩，浑身发痒。

看了几家西医，都是打激素，总也不见效果，只得改寻中医。

一位知名的老中医眯着眼睛、捻着胡须，细细地望闻问切之后，开出药方。

他去抓药——天啊，满满拎了三大口袋!

回家熬药，不得不动用大号电砂锅和药罐。

是不是开错药了呢?

老中医长叹一声：“现在药材效果不行，只能加大剂量。否则，量少治不好病啊！”

朱有勇每天喝一大锅中药。黑黑苦苦的汤药，把肚子喝成了孕妇，病情还是顽固不化。

最后，只得再次借助西药，经过几个疗程，才告别病痛。

朱有勇一向身体健康。他每天坚持跑步10公里，数十年不曾生病。他身材匀称，敦实硬朗，头发乌黑泛光，面色红红润润，眼角的鱼尾纹也不见几丝。

这次生病，就牵引出了“心病”——中医怎么了？

草药治病，自古以来，东西方国家都在使用，但能够提炼升华为一套完整的医学防治系统的，唯有中国。

《黄帝内经》曰：圣人不治已病治未病。

中国人使用中药治病，已有两千余年文字记载，有《神农本草经》为证。

中药极具内涵，阴阳五行、生克制化、寒热温凉、性味归经，不单单用于治疗，还可预防、保健、养生、康复。

我国中药资源丰富。第三次全国中药资源普查显示，共有12807种，其中植物来源11146种、动物来源1581种、矿物来源80种。但常用药材的蕴藏量、分布并不均衡，呈东北至西南走向，黑龙江、吉林、辽宁、河南、四川、甘肃、广西、贵州、云南等地较为丰富。

然而，随着现代科技的发展，中国中药在世界上一枝独秀的局面正在被打破。近年来，“洋中药”频频占据国内高端市场，被认为安全有效、质量稳定、品牌信用高，这让中医药发源地的中国中医学家们情何以堪？

那么，老祖宗给我们留下的瑰宝呢？

众所周知，中医的瓶颈，关键在于药材——道地药材匮乏。中药材历来讲究原产地，一旦改变了环境，药效相差甚远。

几十年来，过度的人工采挖，致使生态破坏，野生原始的中医资源几近枯竭。人工种植后，不仅土壤环境改变，而且大肥施加、大水浇灌，导致药效明显下滑。更严重的是，随意喷施农药，引起药毒残留、重金属含量超标。甚至，为提高卖相而使用硫黄，造成硫超标。

有人疾呼：中医将亡于中药！

与此同时，日、韩等国却严格控制流程和工艺，生产优质产品，提高国际中药市场占有率。

中医，在内忧外患的困境中，正本清源，刻不容缓！

朱有勇对团队成员说："中药是我们中华民族的瑰宝，沦落到这个地步，我非常痛心，非常悲哀。我们是农业科技人员，有责任扭转这个局面！"

药材好，药才好。

如欲拯救中医，必先挽救中药！

让老百姓服用放心中药，是关乎13亿国人的大事。

这关乎中医的生死存亡，这涉及民族的尊严所在，这更是国家的文化战略！

34. 原来是你

千万次寻觅，不舍昼夜。

2013年春天，朱有勇和学生们终于初步认定，连作障碍的根蒂，或许是一种依附在三七根系上的特殊真菌——皂苷类自毒物质！

三七中最具价值的活性物质，就是三七皂苷，但让生物学家和医学家们意外和惊诧的是，三七皂苷却不是三七的主体成分，而只是它的次生代谢物。更吊诡的是，这个次生代谢物在生长的同时，又会产生一种特殊的自毒皂苷。这是一种极其怪诞的分泌物：三七根系一旦感觉环境不适，就会不断地分泌这种毒素，遗留在土壤中，专门杀害新一代三七种子的胚芽。

这真是自然界中极其罕有的奇葩。

乘胜追击！

他们定制了一个更大的锅炉，把产生的大量蒸气，用铁管网连通到试验田的土壤之中，再盖上棉被。这样，“被窝”里80多摄氏度高温，杀毒一小时。

如此，连续蒸土。而后，在杀过毒的五亩土地上种上三七。

第二年3月，三七发芽了，眉开眼笑，健健康康。

连作障碍的头号敌人，终于锁定！

当晚，朱有勇给大家买回一箱啤酒。平日“苦大仇深”的十多张脸，笑肌都松开了，报复般地大跳大叫。

但是，如何杀灭大田里的自毒物质呢？

总不能用这种最原始的蒸气消杀法吧。如果这样，三七的种植成本太高了，仍是不适宜大面积推广。

必须寻找一种净土。

这又是一个具体的难题！

但无论如何，连作障碍的难题已攻克了一半。

与此同时，他们对三七从育苗、种植、管护到收获的各个阶段又进行了细致研究。

每一个步骤，都是一个缜密的小世界呢。

细菌性原斑病反映在叶片上，黄斑一旦出现，必须马上剪除病叶。若非，几天后，便会相互传染，根部溃烂，病死一片。

立枯病又名“烂脚瘟”，病原菌是一种半知菌，危害种子、种芽及幼苗。种子受害后腐烂，呈白色浆汁状，种芽和幼苗受害后，均呈黑褐色，不治而亡。防治办法是播种前进行土壤处理，发现病株及时拔除，并在周围撒施石灰粉。

炭疽病，是一种真菌性病，主要通过雨水在叶片上交叉传染。针对此病，主要是搭防雨棚，避免雨水互相交流。

为什么搭棚子？

人类讲究病从口入，而植物的叶片上遍布气孔，只是肉眼看不见。这些气孔，相当于植物的口腔。这些虽然是病菌的入口，但有一个先提条件：病菌随着雨水溅到叶片上，48小时之后才会萌发。

48小时，是一个重要边界。所以，搭上防雨棚，便可控制。

更多的是病虫害，如何用生物相克法进行无毒灭虫呢？

朱有勇借鉴当年水稻生态治虫经验，反复地进行多方位、原生态模拟试验。他要把自己变成一个害虫，走进它们的世界，熟悉它们的嗜好，探秘它们的欲望，并寻找到最精准的诱杀方式，包括食诱、色诱、性诱、嗅诱等。

虫害主要在开花季。最常见的是一种小虫——蛞蝓，俗名鼻涕虫，极喜欢啃食三七的芽头。怎么办？经过反复试验，终于找到了这种小虫最喜欢的味道。于是，用白菜的溃烂叶，放在地沟里引诱、聚歼。然后，把菜叶和虫尸拿出去，集中深埋。

短须螨，又名火蜘蛛，常群集于叶背，吸食汁液并拉丝结网。防治办法是整地时要把枯枝落叶清理干净并烧毁，发现病情后，再用生石灰水喷施杀灭。

还有蝴蝶。

平时见到的蝴蝶翩翩，有一种浪漫和风情。但对于三七来说，蝴蝶不是爱情，而是妖孽。它最喜欢在叶片背面产卵，几天后便是一簇簇小青虫，分头吞食三七的鲜叶。

此时，见到蝴蝶，格杀毋论！

在与蝴蝶的较量中，人们也清楚了它的生卒年限。其实，蝴蝶真是一种可怜的虫儿呢。成蝶后只有一周左右的寿命，雄蝶在交配三天后死去，母蝶的生命也只限产卵后三天。轰轰烈烈，骤然死亡，披一身美丽的外衣，哀艳。

……

朱有勇感叹道，种了一辈子地，从来没有遇到过三七这么娇生惯养的品种。它喜阴喜湿，但又不能太阴太湿。而这个阴湿环境，恰好又是病原菌和病虫害的最爱。

真是好比林黛玉，娇美又娇贵，瘦弱更病弱，稍微不高兴，寻死又觅活。

经过多年深入研究，2015年底，三七种植的整套技术体系终于成熟了，其中包括26个专项。

消息传出，业界震动。

不少企业纷纷上门，希望购买专利。其中一家企业提出：独家出资10亿元，买断成套技术。

朱有勇说，我们是国家公职人员，是国家经费扶持了这个项目。我们要把专利技术奉献给国家！

是的，他要把这一套专利技术，无偿地赠给云南，赠给云南的父老乡亲！

35. 相遇思茅松

在澜沧拉祜族自治县，九成的贫困户生活在深山里。

远远地看，层层叠叠的大山，呈黛绿色，宛若一重重、一把把张开的扇面，贴在天边。人们呢，就生活在这扇子的夹缝中。若是一山连着一山，这些夹缝还能窝藏住雨水或泉水，慢慢汇积成小溪或水库，山坡上和山下便可种庄稼；若是山一重隔着一重，雨水都溜走了，山上长不成大树，抓不着水土，那么山下的土地也都成了雷响田。雨季，还是田的样子；旱季，田地龟裂了，庄稼活活旱死。只好种耐旱的玉米，再养几只鸡。干巴巴的田地，靠玉米和鸡，人们只能勉强填饱肚子啊。

朱有勇是农家出身，又担任过农业大学校长，更是农业领域的院士，深知中国农村的实情。他的扶贫，不仅是工作，也是事业，更是生命。

他要为当地百姓探寻一条根本的致富之路！

在平坝乡村扶贫，可以在种植和养殖上想办法，他最终选定了冬季马铃薯，总算是有了突破。可对山里的农民，用什么来扶贫呢？

他们受教育程度更低，以前靠山吃山，可以砍树换钱，现在国家实行严格的山林保护政策，一棵树不能砍，真是连山也无法吃一口了，只能眼巴巴地受穷。

2016年11月的一天，朱有勇带领着几名学生在深山里考察。

他头顶草帽，卷了半边裤腿，扛着锄头，脖子上还搭一条毛巾，走在田间地头，吧嗒吧嗒地抽着水烟，和农民聊天。

谁知道他是院士呢，只以为是农民。

他们来到竹塘乡大塘子村后山。这里是一片成年思茅松林，一棵棵松树挺拔清秀，直插云天。阳光细细碎碎地筛下，投画于地面，深深浅浅、浓浓淡淡、摇摇晃晃。一阵轻风徐徐吹来，丝丝清凉吹拂着每一寸皮肤、每一根汗毛，神仙般惬意。

学生们兴奋地抱着松树，用手机自拍。

朱有勇看着这满山蓊蓊郁郁的思茅松，自言自语："这林子多好啊！"

1986年和1988年，原思茅地区（2007年易名为普洱市）曾两次进行大面积飞机播种造林。仅在澜沧县，就有8个播区。播种面积达3.77万公顷，撒下思茅松种子达168.75吨。2000年前后，国家实行退耕还林政策，本地的大片山坡地再次进行人工种植。经过这么多年的成长，松树已经蔚然成林。

朱有勇蹲下来，用手扒开泥土，抓起来，看一看、搓一搓、闻一闻。蹲累了，干脆一屁股坐下来。好家伙，太舒服了，松针绵软，像毛毯。

贴近大山的心跳，仿佛电闪雷鸣，猛然激活了他的思维和灵感：众里寻它千百度，蓦然回首，梦想却在，思茅松下！

这里，不正是三七最需要的生存环境吗？

多少天来的苦恼和黑暗，一下子被照亮了！

三七，最喜欢生长在海拔1500—1800米、北纬23度附近区域，微生物丰富，土壤纯净。特别是对太阳光线要求苛刻，仅需正常光照的10%—20%左右。若是人工种植，必须搭建遮阴棚。而在这松林之下，自然遮阴，天作之合。

他的灵感火花再次噼噼啪啪地点燃，那就是另一个主角的出现——松针！

在文山壮族苗族自治州调查时，他发现老百姓在大田里种植三七时，都要在地面上覆盖2厘米左右的松针。为什么不用稻草、玉米叶或别的杂草？从来没有人问为什么。

原来他认为，这只是为了照顾三七的习性而设置的一种仿原生状态，或者是为了遮阴和保暖。现在看来，并非仅仅如此。

它最少还有3个天然好处：干季保湿，雨季压草，而且新的松针含有松油，还可以驱虫。

松树与杂林树，根部构成不同。杂林树下有很多毛细根，中药都是草本植物，无法与木本植物争营养。而松树只有主根，没有毛细根。三七扎根最深只有15厘米，所以，两者不会发生营养战争。

其实，不仅是松针，还有松针下面的腐殖土，更是宝贝。腐殖土中含有大量肉眼看不见的微生物，极宜于野生中药材。

过去药效好，都是山货，是地道的药材。现在是人工种植，追求高产，施以农药化肥，产量上去了，药效却下来了。为什么？依赖大水大肥的药材经过光合作用，合成丰富的碳水化合物，而野生名贵药材呢，其主要成分是次生代谢产物，依靠的是野外原生环境。

尽管已经实验成熟的三七成套技术是基于大田种植，但当时朱有勇也曾设想让三七返归林下种植。不过在什么林下？阔叶林，针叶林，还是杂木林？并不确定。

他的思路，曾停顿于仿野生种植。

现在看来，为什么要仿野生种植呢？直接进行野生种植，不是更彻底吗？

澜沧的思茅松林，正是最理想的三七野生环境。

如此简单，就在眼前。

看来，这就是他与澜沧的缘分！

千里有缘！

天然佳偶！

当天晚上，他兴奋地召集团队开会。

学生们担心说："三七太娇贵了，在试验田里还不易成活，放到野外不可控的环境里，哪能成功？以前试过给它们搬家，不都以失败告终了吗？"

朱有勇笑一笑："以前的搬家是从生地到生地，现在是搬回老家，回归林下，最接近原生状态。我们可以试试嘛。"

于是，他们在竹塘乡附近的几个村庄，物色了几座山，选择不同土壤类型、坡向、海拔和光照条件的8个地块，共计8亩地，正式开始现场试种。

36. 先行先试

这娇贵的家伙，果然试种成功了！

2017年3月，出苗整齐，健健康康。

6月，抽枝散叶，长势良好。

7月，正常开花，全无异常。

《礼赞大地 6》 陈流 水彩

扒出根系观察，毛毛茸茸，精气旺盛。

预期效果和实验效果，完全一致！

朱有勇马上决定，固定现有技术参数，进一步跟踪观察，并扩大种植面积，将试验田开辟为300亩。

这300亩试验田，全部租用农民林地，不仅支付租金，还免费提供技术培训和就业机会。

2017年10月，就在第一块试验田所在的竹塘乡，朱有勇正式开办第一期三七培训班，同时免费提供种苗和有机肥料，让学员在自家林地里试种三七。

在澜沧县的十多块试验田里，朱有勇的十几名学生日夜驻守。

他们一边完善和提升三七种植技术体系，一边现场培训农民。

尹兆波和朱相林是两位90后小伙子。他们是朱有勇的学生，也是澜沧县三七种植的技术“教授”。

为了尽量清晰地描述三七故事，2020年6月，我再次采访了他们。

他们两个人聊起三七，话题特别多。有趣的是，两人的爱情、家庭竟然都和三七有着直接关系呢。

朱相林在三七培训班上，喜欢上了一个勤学、漂亮的女学员，现在两人已经结婚。

尹兆波从2016年开始读硕士至今，一直都是朱有勇的学生。他的妻子硕士毕业后，在他的动员下，也考取了朱有勇的博士研究生，专门研究三七。夫妻两人，双栖双飞在昆明和澜沧拉祜族自治县之间。

朱院士乐呵呵地说："我的学生，好多都是成双成对地跟着我。"显然，这是他研究三七的另一类价值极高的"次生代谢物"。

作为前线技术员，尹兆波和朱相林就住在山上，日日夜夜地盯着三七，现场采集各种数字。

三七的祖先，原来就长在松林下，大田种植需要搭建黑色遮阴棚，现在让它返回林下，就像刚刚出生的婴儿，极其娇弱，需要倍加呵护。

教农民种三七，尹兆波和朱相林牢记朱院士的5条"金经"：

一是整地。必须选择斜坡，疏通排水。若在平地，有小窝积水，不易成活。

二是壮苗。必须选择健康幼苗，才能走过一个轮回。因而必须建立自己的育苗基地，才更可靠。

三是控水。三七极娇弱，旱也怕，涝也怕。土壤湿度必须保持在38%左右。为了这个38%，雨季时，还需搭建防雨棚。

四是光线适中。冬季，思茅松落叶了，光线强烈，也要搭棚遮光；等到春季松针长出了，才能拆掉。

五是土壤。土壤太沙不行，营养会流失；太黏也不行，渗水缓慢。所以，土壤沙度、黏度要分别保持在30%和70%左右。

村里的拉祜族老乡说，三七给朱相林老师带来了桃花运。

朱相林，1994年8月生，云南曲靖人，是一个典型的农村娃。他从小聪明灵动、爱好广泛，遗憾的是中学时期太叛逆，没有专心学习，高考时只考取一所机电类大专学院。大专毕业后，找不到合适的工作。他的叔叔是云南农业大学教授，也是朱有勇院士团队成员，便对他说：“你农村出身，脑瓜也好，可以来院士团队学习管理三七。”于是，2016年，朱相林进入朱有勇院士团队实验室，专门从事三七相关研究。朱有勇在澜沧县建立推广基地后，朱相林也跟随而至。

最初的试验田，选在东主村。

朱有勇选派了4个学生驻守现场，每天详细监测、记录温度、水分、苗情，观察病虫害。

朱相林永远记得，他入驻那一天是2017年5月8日。那时，三七已出苗，正是病虫害萌动的关键时期。他把每天的观察详细写成日志，并进行分析和预测。几个月的现场监测，连同别的几块试验田数据，初步形成了一套适合澜沧县当地林下三七种植的技术体系。

技术体系形成后，朱有勇决定马上开办培训班，向当地农民免费传授技术，启动林下三七种植推广计划。

2017年10月，第一个林下三七种植培训班在大塘子村开班，共60个学员。

考虑到三七种植的连作障碍问题，朱有勇又开设了一个中药材种植培训班，教老百姓种植滇黄精、滇重楼、白芨等中药材。这些药材俱喜阴，同样适合在思茅松林下生长，周期也是3—4年，可以与三七轮种。这样，既可彻底解决三七的连作障碍，又可充分利用林地。培训时间为1年，分集中教学和实际操作两部分。

与冬季马铃薯培训班教程一样，集中教学4次：第一次是如何选地、整地、起垄；第二次是籽条移栽、种苗栽种；第三次是如何避雨和防治病虫害；第四次是如何采挖和储藏。

培训种植，带动很快。当年年底，仅仅是培训学员的试验基地，就已经扩展了100亩。

就在这期间，朱相林的眼睛炸亮了。

班里有一个拉祜族女学员，名叫李娜莫，澜沧县职高毕业，20岁，是大塘子乡东主村人。小姑娘不仅长得秀丽，干活和说话同样漂亮。她家里有20亩地，全靠她和母亲打理，去年种了冬季马铃薯，收获满满，对院士十分崇敬，现在对种植三七更有信心。

朱相林心里赞叹：多么漂亮又能干的女孩儿啊！几个月的时间，他的眼光总是粘黏在她身上，浮想联翩。

别人看出了名堂，就怂恿朱相林："这个姑娘不错呢，也没有对象。你喜欢就勇敢追求，我把她微信给你，先聊聊。"

这一聊，就聊出了火花。

等到李娜莫培训班毕业的时候，两人已经谈婚论嫁了。

朱有勇看着这一对因三七而结缘的年轻人，脸上笑眯眯，特意给他俩塞了一个大红包。

两个人推辞不掉，心底甜蜜蜜。

是啊，朱相林怎么忘得了，这几年，朱院士像极了严父、慈父。自己在工作上出现差错，他会严厉批评。但是有一次，自己生病了，他听说后，马上前来探望，并留下600元钱，让他购买营养品。

朱相林是外地人，以前在澜沧孤身一人。现在，他突然认识到，这里就是家乡呢。

不是吗？自己在这里有了爱人，乡政府也安排了公租房。更主要的是，自己的事业就在这里，而且前景光明。

他每天在地里奔忙，浑身充满力气。

2018年10月，两人结婚。李娜莫家里的20亩林地，也全部租给了院士团队。

37. 神仙草

三七整地，10月份就开始了。

三七对光照、土壤、种苗、水源等要求很高，必须选择小于15度的斜坡作为种植地块，方便排水。它只需要10%—20%的光照，而思茅松刚好把80%—90%的强光遮掉了。

林地里，地线虫多，大多寄生在灌木和野草的茎叶上。所以整地时，林下的小灌木树要特意保留，让给虫子当饭吃。至于野草，如果不淹没三七，也保留。因为三七叶子有异味，只要有嫩草，虫子就会回避蚕食三七。

草木留好后，要用小型微耕机打地，打出20—30厘米的深度，把林下的腐殖土搅拌进来。而后根据林地地势起垄，垄宽1.4米，高度在30—40厘米，每隔15米，留一条排水沟。

而后，便是育苗了。

的确，三七起自娘胎便娇贵。

三七种子一般在11月份成熟，浆果状，近于肾形，外壳坚硬，长约6—9毫米。去掉红色果皮后，把种子颗粒用清水漂一遍，淘汰浮在水面的秕种。沉在水底的饱满种子，捞起来，置放在阴棚里，阴干表面水分。之后，把种子包起来，进行“后熟”。

什么是“后熟”呢？

朱相林解释说：其实，三七种子在收获时并没有真正成熟，因为胚芽还没有形成，如早产的婴儿。此时，若种子掉落地面，必死无疑，这也是三七在野生状态下难以存活的主要原因。所以，种子采摘之后，还在继续生化，为发芽做准备。经过“后熟”的种子，才是真正成熟的种子。

育苗播种，就是把处理好的种子放入压孔板压好的孔洞里，株行距5厘米×5厘米，深1厘米。

播完种子，用垄边的腐土盖上孔洞，再覆盖松针，以保湿保暖。

种子沉睡一个多月后，睁开眼睛，发芽了。

幼苗在苗圃里成长一年。年底时，身高约50厘米，下面是块茎，3克左右重。这时，把叶子剪掉，便是籽条。

第二年2月，把籽条从苗圃里移栽入大田。此时，更要小心翼翼。斜坡地块，先种低处，避免高处的三七稍有病恙而向下传染。

移栽一个月，小苗慢慢恢复，开始缓缓生长；4月，叶片全部舒展；7—8月，开绿花。只是此时的花，并不能结果，所以要摘掉，不过三七花啊，阴干或烤干后用来泡水，是极好的饮品；10月之后，三七苗身高长了5厘米，叶枯而落，此时，需剪除主茎，敷盖松针。

第三年，三七根部再发新芽、再抽新枝，身高超过上一年。7月，再开花，花瓣绿色，球状，花蕊光亮，如透红珍珠。10月底，三七终于成熟，可以采挖了。

此时，已经生长3年的三七，块茎膨大，一般30—50克重，最大可达60克左右，有“疙瘩七”或“萝卜七”之称。

总之，这便是神仙草，天地之精华、人间之尤物。

野生三七的亩产干品是多少呢？40到50公斤。

而大田种植，亩产可达200公斤以上。

澜沧县的6月就要来了。这是雨季，极易发生根腐病。

这时，就要用生石灰灭菌。遇上病叶，要手工摘除，并且还要把病叶拿到远远的地方掩埋。

另一个重要工作是防虫。不同昆虫，有着不同爱好。用糖醋液诱杀，用黄板、蓝板也可以粘住虫子，还有电击法、性诱计等。

只有一个要求：不使用一粒化肥，不使用一滴农药！

……

朱相林天天待在思茅松下，那稀疏的太阳光还是把他晒得黑溜溜。

每天朝夕相对，老百姓和朱相林熟络了，都喊他“朱老师”。

这老师多能干啊，大塘子村有三七种植地100多亩、育苗地50多亩，还有轮作滇黄精、滇重楼、白芨的地块300多亩。这么大的面积，老百姓有什么难题，他都是随叫随到。

朱相林的“麾下”，有100多名农民工，每人每天工资100元左右。

为了提高效益，朱有勇要求学生们学说拉祜话、学唱拉祜歌。

的确，拉祜话与汉语有着明显的区别。比如：汉语有四声，而拉祜语是六声调，与罗马拼音有些相似。

“狗”是“迫”，“鸡”是“阿”。

“你好”是“诺达”，“干杯”是“多拜”。

“你干得不错”是“达贾”。

拉祜人平时看似散淡，但几杯酒下肚，就变成了另外一个人，变得欢快起来、热情起来，就开始唱歌了。

这几年，各个山寨里流行一首爱情歌《朵朵麻栗花》：

夜清清，
人欲睡，
山寨的夜晚静悄悄。
弯弯的山路哟，
去向那远方，
心中的阿妹哟，
阿哥想你哟。
风儿轻轻，
吹拂着麻栗花，
阿哥的芦笙还在吹响。
山间的流水哟，
日夜流淌，
心中的阿妹哟，
永在哥心上，
哎，拉祜，
哎，拉祜。
美丽的姑娘哟，
你像麻栗花一朵朵，
哎，拉祜，
哎，拉祜。
燕子双双天上飞，
麻栗花开在身旁，
风儿轻轻，
吹拂着麻栗花，

阿哥的芦笙还在吹响。
山间的流水哟，
日夜流淌，
心中的阿妹哟，
永在哥心上，
哎，拉祜，
哎，拉祜。
美丽的姑娘哟，
你像麻栗花一朵朵，
哎，拉祜，
哎，拉祜。
燕子双双天上飞，
麻栗花开在身旁，
哎，拉祜，
哎，拉祜。
美丽的姑娘哟，
你像麻栗花一朵朵，
…………

歌声中，大家自然地融在了一起。

在共同劳动中，朱相林进一步认识到，这是拉祜人的特色，不是懒惰，而是节奏慢，是慢生活。

其实，向往富裕、向往美好、向往文明，本是每一个人的天性呢。

38. 我是硕士

1985年9月，李娜努降生在大塘子村。

在这个600多人的贫穷村子里，哪家有几个男孩或女孩，并没有人关注和在意。是女子，名字里大多带一个“娜”字；若是男孩，则需带一个“扎”字。

还有，按照传统习惯，孩子生于鼠年，名字里要带一个“发”字；以此类推，牛年是“努”，虎年是“拉”，兔年是“妥”，龙年是“倮”，马年是“母”，羊年是“约”，猴年是“莫”，鸡年是“阿”，狗年是“丕”，猪年是“娃”。

比如李家在狗年分别生下一男一女，那么名字分别为“李扎丕”和“李娜丕”。有时候，一家人同名，甚至父子同名，那就分别叫大扎、小扎。

李娜努家里有父母、爷爷和奶奶，后来又添了一个弟弟。全家6口人，大米不够吃，只能用玉米作主粮，勉强填饱肚子。

李娜努8岁时，家里有了一台手扶拖拉机。每到赶集的日子，父亲开车搭人，往返12公里之外的镇上。10多人挤在车上，摇摇晃晃，每人收取一块钱车费。

雨季时，土路黏糊糊，车子陷在烂泥里，像死乌龟一样，动不了。全车人都下来，推、推、推。

家里有山地30亩、山林20亩。山地种玉米和旱稻，肥力不够，种一年闲一年。忙活一年，卖不了多少钱。山林，更是任其一岁一枯荣。

《礼赞大地 7》　陈流　油画

李娜努初中没有毕业就辍学了，回家当了全日制劳动力，种玉米，种旱稻，种高粱。

一年复一年，李娜努长成了一个漂亮姑娘。

弟弟去当兵了，父母年纪大了，便把拖拉机也卖了。奶奶总是腰痛腿痛，草药敷不好。有一次，奶奶要去镇上医院，在公路边拦过路车。老人家不会说汉话，结结巴巴地比画着，司机满头雾水，“呼”地开走了。老人家急得直跺脚，捶几把胸口，气冲脑门，跌坐地上。李娜努闻讯赶来，吓得面色煞白，赶紧扶起老人。从此，她再不敢出远门。

转眼到了20岁，李娜努出落得更加漂亮。漏风的竹篱笆外，夜夜传来求爱的情歌，但她不能远嫁啊。

终于，她答应了一个小伙子的求婚，前提只有一个，那就是做上门女婿。

婚后，她安心地在家里种田。

一年后，她生下一个儿子。

这个顾家、孝顺、能干的女人，在村里口碑很好，被推选为村主任助理。没多久，又当选村委会副主任。

大塘子村家家户户大都如此，守着薄田，种玉米、种旱稻、种高粱，收获着瘦瘦弱弱的穷日子。

2015年，全国范围的精准扶贫战略已经全面铺开，村干部上门摸底，给贫困户建档立卡。

全村600多户中，建档立卡贫困户达364户，占全村一半以上。

每天，李娜努都会早早起床，做家务，做农活。远山近山都蒙了一层雾霭，近山深蓝，远山浅蓝。她常常盯着这些深深浅浅，发呆。

终于，生活有了起色。

2016年春天，她把3亩地种上了冬季马铃薯。只过了100天，便收入1.1万元。

她惊呆了。

2017年8月，她在村委会开会，忽然收到乡政府通知：朱院士要在村里开办三七培训班，号召大家学种三七。

李娜努小跑着回家，竟然顾不得怀孕的大肚子。她一进门，就嚷嚷："朱院士教种三七，我要去报名！"

丈夫看着他，没有作声。

丈夫只会说拉祜话，不懂汉语。在对外沟通上，他主内，妻子主外。妻子的眼睛又大又圆，闪烁着从未有过的兴奋和光亮。

妈妈说："你这都快生了，要学半年呢，还是别去了吧？"

李娜努说："以前专家来讲，听不懂。这次到大塘子招生，都是教真本领，机会难得！"

丈夫和妈妈默默依了她。

面试那天，人头攒动。100多人，男子占了大多数，只有10多名女子。

轮到李娜努了，进门坐下，心里扑扑跳：这个笑呵呵、面色平和的人就是院士吗？

院士看着她，和蔼地说："我们要集中学习，全体学员同吃同住同劳动。你怀孕了，不方便，参加下一期吧！"示意李娜努出去。

她急得满头大汗，不情愿地走了出去。

但她不甘心啊。在院外坐了一会儿，又进来了，靠着墙壁，眼巴巴地看着朱院士。

朱院士显然是被感动了，向她招手："好、好，你这么坚持想学，我问你几个问题吧。"

院士问："你听得懂我说话吗？"

"听得懂。"

"你想不想致富？"

"想。"

"家里林地有多少亩？"

"20多亩。"

"你会不会唱歌？"

"会。"

"你生孩子了怎么办？"

"我父母和公婆，都会帮我带。"

……

别的学员在面试时，坐得直直。只有她，肚子太大了，只能顶在桌子上。她是一个怀孕8个月的准母亲啊。

院士看着她，目光慈祥，像一个父亲。

几天后，李娜努终于收到了录取通知书。

培训班10月开班，她那时已经生完孩子。

除了三七班，朱院士还开办了冬季马铃薯、中药材、冬早蔬菜、热带水果种植和养殖技术班，共120人。

培训班分4期，每期10天左右，中间间隔数月，培训内容伴随三七的生长、管护和收获全过程。

让李娜努兴奋的是，这个培训班真是能够学到真本事。学员和院士团队生活在一起，边学习，边生产，边培训。

院士亲自做示范。他拿过一把耙子，演示几遍拉沟，然后让学员们一个个做给他看。

“轻一点，边抖边拉耙子。对了，拉得好。”朱有勇向学员竖起大拇指。

教完拉沟，接着栽苗。他说：“每垄地是1.4米宽，一行栽12棵苗，不能多也不要少。”

然后是全体作业。他提高声音说：“每个人都来操作一下。过些日子每个学员发放1000棵苗，就是你们的家庭作业，第一年成活率要在90%，第二年成活率要在70%以上！”

朱院士特地叮嘱李娜努：“林下三七是名贵药材，你要好好种，好好赚钱，对得起你的父母，还有小宝宝。”

李娜努激动地看着院士，不自觉地敬了一个军礼。

年底，朱院士给李娜努发放了2亩地的三七幼苗。

丈夫反对：“别种了，把苗子退回去吧，别人都不种呢。”

“不行，我要种，我都跟院士学了，我可不能给院士丢脸。”

她家的地块，邻近院士试验田。她严格按照院士班学到的方法进行操作，也时时去试验田“偷师”。

天天伺候三七，不懂就跑过去，询问院士团队的博士、硕士专家。没多久，她也成了“土”专家。

她会捏住三七的一张叶片，盯着叶脉，拇指稍稍移动一点：“不好，叶脉边上颜色淡了！”这是三七根腐病。

三七锈腐病，叶子会有锈黄色斑点。

三七根结线虫病呢，更是不可思议：这三七根结线虫，一年移动不过一米，但它有“飞天术”，它依附在病土、病苗上，或者随同灌溉水入侵根部，然后置三七于死地。所以，种过大豆、烤烟、番茄的土壤，最容易招结线虫病，必须及时灭菌。

除了病菌，还有病虫。

叶、根、茎、花，都是“妖怪”害虫们的“唐僧肉”。梅雨虫、蛔蛔、黄脸油葫芦啃食叶；灶鸡子更贪婪了，茎、果、叶通吃。

林下三七，天然种植，绝不能农药杀虫。

李娜努跟着博士生，拉上一米半的无色防虫网，阻止梅雨虫、蝗虫等进入禁区。她还想办法保护好蜘蛛、青蛙、蟾蜍，让这些无敌英雄把蟑螂、瓢虫、食蚜蝇一口口吞掉。

听博士生们说“相生相克”，李娜努开始不懂，她只听过“相亲相爱”。看到博士生选种一些香的、臭的花花草草，害虫远远避开了，她才恍然大悟，赶紧在自己田边也种上这些奇怪的神仙草。

还有可恶的田鼠，吃茎叶，还会咬伤三七根。

她什么办法都使出了：装灭鼠夹；挖个陷阱，让老鼠掉进去；养猫捉老鼠……

三七还会冬眠。12月开始休眠，直到来年2月苏醒再生长。这时候，就要剪掉露出地表的茎叶，让下半截根茎在松针覆盖下睡过冬天。这些剪掉的叶茎必须统统拿到远处深埋，还不能埋在上坡，而要埋在山坡底部，因为如果叶茎有病，病菌便会随着雨水，污染沿坡种植的三七。

李娜努感叹：“我照顾三七，比照顾儿子还细心。”

天天伺候“宝贝儿子”，终于有了回报。2018年，采摘三七花两公斤。

三七花可以泡茶，是极好的饮品，市场上售价为每公斤1500元。

2019年10月，三七采挖。她收获干货20公斤，净赚6万元！

这是她平生见到的第一笔巨款！

澜沧的冬天，没有凛冽的冷风，没有刺骨的霜冻。出太阳时，可以只穿一件单衣。年底的时候，养了一年的土猪已经肥肥墩墩——吃杀猪饭的日子到了。

每家每户，杀一头猪，庆祝丰收。

拉祜人杀猪，要看日子，与本家主人的属相不能相冲。

猪杀好后，把肉分为三等：里脊、瘦肉，骨头和五花肉。然后，在火塘里，烤里脊和瘦肉。烤熟后，蘸佐料，极美味。骨头和别的肉呢，用大锅煮。煮时只加盐，决不放佐料，只在入口时，才蘸辣椒面。猪的内脏等，也用油炸，蘸料吃。

整个一餐杀猪饭，全是肉，没有蔬菜。拉祜人认为蔬菜不够隆重，对客人不尊敬。

吃杀猪饭，是集体的狂欢，全村人都要派代表参加。

大家边吃边喝，边唱边舞，个个都积极，谁也不扭捏。

最近两年，朱院士成了拉祜兄弟们的贵客。种洋芋而致富的老乡们，都在纷纷发出邀请："朱院士，请到我家吃杀猪饭，我家的丰收是您给的！"

他们排着队，登门邀请。

仅仅2018年腊月，朱有勇就连续吃了17顿杀猪饭。

午餐吃、晚餐吃，大块吃肉，大杯喝酒，好不快活！

可朱院士只有一张嘴、一个肚皮呀。

李娜努也在排队。

一天，朱有勇刚刚讲完课，她就走上前，开玩笑地说：“朱院士，我应该算是什么学位呢？”

朱有勇看着她，有些纳闷。

“我整天与博士们在一起学习，跟着同一个导师。即使不是博士，最少也应该算是硕士吧。”

朱有勇哈哈大笑。

看着院士如此高兴，她顺势提出邀请。

高兴中的院士，一口答应。

2020年新年的前三天，朱院士真的来了，随行的还有一位副县长和几个博士生。

邻居和亲友，足足100人，坐了10多桌。

天上白白胖胖的云朵，像一群群羊，都聚到一起，睁大着眼睛，看着李娜努家院子里的狂欢。地上的狗们，也快活地钻来钻去，蹦蹦跳跳。

土坯灶台的大锅里炖着排骨，浓烈的香味五彩斑斓地飘悠着，勾引着人们的鼻子和肠胃。还有一个小铁锅，锅里吱吱响，正在油炸猪肠猪肝。火塘里的烤肉熟透了，赶紧端给最尊贵的客人。

今天能请来朱院士，李娜努一家是全村最高兴的人了。

她的丈夫不会说汉语，就围着朱院士转来转去。最后，拿出两个水杯，斟满白酒，要和朱院士一醉方休。

李娜努赶紧拉开丈夫，悄悄说：“院士比爸爸年龄还大，不能多喝酒啊。”

这时，有人高喊：“娜努，今天你家喜事，先唱一首歌吧。”

李娜努怔了一下，爽快地答应了。

于是，她站定，整一整衣裙，清一清嗓子，天籁之音，脱口而出：

吉祥的日子我们走到一起
共同把心中歌儿唱起来
蜜样的幸福生活滋润着我
拉祜人纵情歌唱
欢乐的日子我们走到一起
举杯把祝福歌儿唱起来
祝福你幸福吉祥天天快乐
拉祜人纵情歌唱
拉祜拉祜拉祜哟
快乐拉祜人
拉起手来围起圈心儿贴着心
拉祜拉祜拉祜哟
快乐拉祜人
幸福吉祥吉祥幸福快乐到永远
幸福吉祥吉祥幸福快乐到永远
……

《礼赞大地 8》 陈流 水彩

朱有勇端着酒碗的手，定住了。

他看着李娜努，再透过那歌声，遥看她背后那一群群高高低低、胖胖瘦瘦的青山，依然是满脸宽厚的笑，只是眼眶里，多了一些星星闪烁的泪花……

第七章 三七的春天

芦笙，是拉祜族民众最普遍的乐器。

过去，他们认为芦笙能与厄萨神通话，悠扬的芦笙能使散居在不同山头、山脚、水边的人们从四面八方聚合在一起，携手联袂，翩翩起舞。

拉祜族男孩从七八岁就开始学吹芦笙。

他们吹奏芦笙，不是为了追求音乐、追求艺术，也不需要特别的节日或理由，更不拘泥于什么场合，而是语言的另一种表达方式。在劳作的山林间、在赶集的路上，高兴时、悲伤时，都可以随手拿出芦笙，吹奏一段。吹奏时，也不一定遵守固定的乐谱，而是乐由心生、信口吹来。

于是，满腹的喜怒哀乐，顺着芦笙，飘散进空气中，就变成了满天五彩缤纷的民歌……

39. 闭路与出路

经过两年的全面实践，林下三七种植技术进一步完善与成熟。

从经济利益上看，或者从精准扶贫的角度来看，这是一个更根本、更彻底、更长远的脱贫致富项目。

但是，这么一个好项目，在最初的时候，只是一个笼统概念、一个美好设想。如何实施，如何实现，都是前所未有的难题。因为林下种植三七与大田种植冬季马铃薯，完全是两个概念。

难题的主体，分两个方面：

一是林下三七种植，技术含量高，资金投入大，见效周期长，与种植冬季马铃薯正好相反。分散生产经营的农民，根本不敢种植，因为风险太大。即使敢于种植，那技术如何保证呢？质量如何保证呢？将来如何销售呢？这些都没有把握。所以，这个项目根本不适合农民单独和分散种植。

二是因为利润巨大，极易引起众多企业蜂拥而上，盲目投资，不可控制。企业家们分头行动，各自租地种植，各自竞价收购，肯定会造成市场混乱。如果那样，农民利益无法保证，三七质量无法保证，而朱有勇拯救中医的美好理想将全部泡汤。

怎么办？

怎么办？

隔行如隔山。朱有勇只是一位农业科学家，搞技术内行，做产业却没有经验。

可现在，他不得不跨界思考企业家的事情。

苦思冥想！

在此期间，他曾与数十位经济学者和企业家交流，试图用招商形式与一批企业在技术、生产、收购、加工等方面进行合作，但由于各方利益难以平衡，整体操作性和可控性薄弱，无法形成成熟方案。

2018年4月，云南省省长和副省长前来澜沧县考察林下三七种植。看过现场之后，大家心情高兴，困扰多年的三七种植难题逐渐被破解。但破解的仅仅是技术问题，后期的诸多难题呢？

考察结束后，两位省领导和朱有勇深聊了两个多小时。

省领导毕竟更熟悉社会和经济管理，而且见多识广。他们建议，为了从根本上保证农民利益和三七质量，必须单独设计一个闭路系统，涵盖产、供、销和加工全过程，产品以成品品牌的形式进入市场。

闭路系统？

朱有勇眼前一亮！

在其后的两个月内，朱有勇在澜沧县委、县政府的支持下，经过多次协商，终于形成了一个以三七种植技术系统为核心的生产经营联盟。

大体思路是，朱有勇团队无偿提供全部三七种植技术并进行全程质量监控；当地政府负责在生产区内进行水电路建设和改造提升；企业家负责投资、生产全过程；农民出租林地并提供有偿劳动服务；制药集团统一收购、加工。

这是一个看似笼统开放却又严密可控的整体系统。

为了保证联盟的神圣和严肃，朱有勇与所有合作企业签订严格合同和承诺书，规定必须严格按照院士团队的质量要求，不用一滴农药，不施一粒化肥！

企业作为投资主体，每亩必须投入2万元以上；农民呢，出租林地，坐收租金，还可以在林地打工、挣工资。这样，每家的林地就变成了扶贫车间。三年后，三七的最低亩产量40公斤，按每公斤不低于2000元计，每亩收入8万元以上。这些收入，主体归投资者，但其中收入的15%归院士团队，作为技术管理费和专利费，另外8%返回村委会，壮大集体经济。这样，多方得利，合作共赢。

这是一个颠覆性的技术，完全改变了传统中药材种植方式，让中药材真正回归原始状态。

即使是外行人也能明显地看出，朱有勇设计的这种模式，让农民的收入可以旱涝保收：出租林地有租金，每天干活有工资。

最让人惊奇的是，朱院士还有一个特殊约定：企业赢利收入的15%部分，原本应归属院士团队，而且这笔收入，天经地义，理所应当，但朱院士声明，本团队分文不取，全部转给澜沧县老百姓！

这可是一笔巨款啊。

林下三七的整个生产过程，有院士团队的全程监控，各个环节都有保证。同时，三七收获后，统一销售给联盟公司，所销售的每一宗产品必须由院士团队验证。这样，进入制药厂的三七产品质量便加上了双保险。

如此这般，三七之幸！

如果中国所有的中药材都能这样，则为中药之幸！

药材好，药才好。

中医昌盛，根本在此！

40. 寻找企业家

闭路理论形成了，如何深化和实施？

按照朱有勇的规划，“十四五”末即2026年，澜沧县一带的三七种植面积要达到10万亩。

政府全力支持，农民更全力配合，当务之急就是寻找可以合作的企业家群。

这些企业家必须热爱中医，具有天地仁心。

消息传出，企业家们纷纷报名和拜访。朱有勇也主动邀请，从中物色最佳合作伙伴。

某大型知名制药企业，应朱有勇之邀，前来现场考察。朱有勇全程陪同，亲自讲解，真诚谋划。最让对方董事长感动的是，当他的汽车抵达现场时，早早迎候在路边的朱院士，竟然亲自走上前，为他拉开车门。

院士的诚心、事业的吸引，使这位董事长深感震撼。很快，该公司便决定：第一期投入5亿元，进行三七种植。同时，再投入5300万元，在澜沧县建造中药材加工基地。

很快，便有十多家相关企业相继加入。

……

2019年1月，某集团公司在澜沧县租赁土地2500亩，开始种植三七、白芨、黄芪、重楼等中药材。土地租赁期10年，大田每亩600元，林下土地每亩60元，租金一次性付清。

大田土地，主要用于育苗。

租金交付后，该集团公司马上派出数十位工程技术人员进行基地建设，深度改良土壤。

为什么要改良？

原来的土地，由于长期种植水稻和玉米，多施化肥，造成了一定程度的土地板结。更严重的是，比照三七种植要求，这些土地农药残留超标。

如何改良呢?

第一年，先让土地撂荒，放任野草恣意生长，任由牛羊尽情啃食。秋后，收割野草，就地晒干，再点火焚烧，不仅可以杀死土壤表皮真菌，草木灰还是天然的有机肥料。而后，深翻土地，阳光消毒。接着，每亩土地加施4吨有机肥、4吨羊粪，用履带式旋耕机将其耙进土里。最后浇水，任其融合发酵。

第二年春天，在改良后的土地上开始人工起垄：高30厘米，沟宽30厘米，畦面1.2米。同时，在整个垄上搭建多层黑色遮阳网。

网下平展如毯的畦面，便是三七的温床……

41. 忘年之交

赵泰，男，1995年6月生于天津，加拿大约克大学毕业，专业是金融管理，2017年回国。

他的父亲是一位从事农业进出口贸易的企业家，在业内颇有盛名。赵泰在国外上学时，就开始学做生意，小有所成。但在国外，由于文化背景不同，时时感觉无法融入。作为一名中国青年，要想在国外真正成功，几无可能，也无前途。

他回国之后，在深圳开办公司，进行农业科技研发。

2018年7月，赵泰听说朱有勇院士的三七成果问世了，便想着在这方面发展。于是，他专程前来拜访。

在朱有勇位于蒿枝坝的科技小院里，两人相遇了。赵泰畅谈着自己的人生理想和追求，朱有勇听后十分认可，眼神里有一种父亲般的温暖。23岁的小伙子，总还是年轻，高谈阔论，言辞滔滔，说到高兴处，竟然谈起了区块链。当时，这还是一个新名词，很少有人真正理解其内涵和意义。

几天后，两人再见面时，赵泰十分惊奇地发现，朱院士的手边有一本书，竟然是《什么是区块链》。

他的内心，骤然沸腾。

在这次谈话中，有一个细节令赵泰印象深刻。朱有勇在谈到三七的未来时，激情地说："在我们的手中，要恢复中药材的世界地位！"

这是一个神圣的使命。

赵泰怔怔地看着朱有勇，暗暗地下定决心。

从8月开始，他就在澜沧的大山里调研，寻找合适的林地。

2018年12月，赵泰在竹塘乡和糯福乡一次性租下250亩林地。而后，在朱院士团队的指导下，每亩投入2.5万元进行全面改造。两个月之内，全部种满三七。

第二年，他又新租土地500亩。

2020年底，再次扩大200亩。

作为一个晚辈，对于朱有勇，赵泰有着别样的认识和崇敬。

他说，西方科学家用显微镜解决微观世界难题，有的解决了，有的根本解决不了。而朱院士，站在一个山头观察另一个山头，用大视野、大格局思考，从而解决了微观世界根本解决不了的难题，比如水稻稻瘟病，比如三七的林下种植技术。这是东方与西方文化的不同，也是科学家与卓越科学家的区别。

……

在澜沧县创业的几年时间里，赵泰早已把这里当成了第二故乡。

他每年的用工量都在6000人次以上，服务着第二故乡的父老乡亲。

一些洋派的海归人士创业做老板，容易居高临下、自以为是，对员工不够尊重，赵泰却相反。他把这里的每一个员工都当成自己的亲朋好友，用真情和微笑去爱护他们。

临时雇用的一位农民工，家住糯福乡娜阿妈寨，妻子得了白血病，家境十分困难。赵泰听说后，主动前往探望。这位农民工的家里，除了几件简单的家具，只有一个火塘，连坐处也没有。一家人都不会说普通话，赵泰就请村干部做翻译，详细了解情况。

原来，这家人只有3亩稻田和1头水牛，3个孩子刚刚上学。前两年，父亲和母亲先后得病，累计欠下3万元外债。不想，去年，女主人连续出现高烧，并伴随皮肤瘀斑、牙龈出血等症状。医院检查后确诊，是白血病！虽然是贫困户，国家有大病医疗保险，但毕竟还需要自己负担一部分，而且交通费、营养费、生活费等也是一座座大山。

听到这里，赵泰坚定地说，你家的困难交给我来解决吧。村干部把赵泰的心意翻译给他们之后，农民工和女人感动得大哭。

很快，赵泰陆续送来6万多元。

还有两个农民工，家里孩子考上了大学，赵泰也分别奖励两家1万元。

采访时，我专门参观了赵泰建造的三七加工基地。

那是一座废弃的企业厂房，被改造成一家中药材加工厂。从深圳等地运来的各种现代化设备，正在悄悄地适应着这里的水土，并已经开始了神圣的工作。

在这里，赵泰首先开发出了三七花茶——林林七。

这是澜沧拉祜族自治县三七种植的第一个成品品牌！

虽然仅仅是外围产品，却是一个可喜的突破！

42. 农业工人

采访时，我还遇到了两位受聘于三七苗圃基地的农民工。

杨扎体，拉祜族，1969年9月生，糯扎渡镇改新村人。全家有20亩田地、60亩松林。田地只种玉米、甘蔗、水稻，仅仅够吃饭。全家的住处是3间空心砖建筑的平房，简陋不堪，摇摇欲坠。2016年，儿子结婚了，很快有了孙子，全家5口人，挤住在这一处破房内，极不方便，更不安全。

2018年春天，杨扎体进入某公司的三七苗圃基地做地块管理工作，夫妇二人负责35亩。

三七苗圃，全部覆盖黑色纱布塑料棚。每棚最大可达180亩，最小也有30多亩。棚内用水泥桩支撑，顶部用铁丝网连接，再加盖黑色遮阳网。由于三七对阳光照射极其敏感，需要严加控制，所以遮阳网必须准备三层，根据季节和阳光烈度，随时进行调整。

杨扎体日常的工作就是除草、施肥、浇水、采挖等。

他和妻子两人负责这35亩苗圃的管护工作。按照严格的生产计划，每亩每月的基础劳务费为157元。这样，夫妻两人每月的工资为5500元。如果工作各方面达标和优秀，每月还有500—1000元的奖励。

公司每月都要评分。如果连续3个月评分不及格，就要被辞退。

杨扎体告诉我，公司已经有3个人被辞退了，所以他必须用心干活，不能偷懒。

苗圃里时时长草。拔草时，须小心翼翼地连根拔起，如若不然，拔除一根，就会再长出数十根。旱季时，要把拔除的青草直接放在松针上，晒干后可变成肥料。雨季时，要把青草放进小筐里，带出棚去。因为阴雨天，草会复活，而且草叶腐烂后易滋生真菌。

开花季节的主要工作，就是采摘三七花。这个时候，花朵常常招引一种小虫——蓟蚂。这种害虫长有一种可刺吸的细针，像蚊子，吸取花和叶的汁液，还会传染杂病。很多病害，就是这种小虫噬咬后引发的。

三七的病害除前面提到的原斑病外，还有炭疽病。这是一种真菌病，必须及早发现、及早处理。

有些病菌较为复杂，那就用一种由生石灰和硫黄合成的液体，进行涂抹或喷施。即使如此，每年每公顷最多也只能使用6公斤。

遮阳网分三层，要根据阳光情况随时增减。夏天，在晚上或是遇阴天，要全部打开，让小苗们尽情地呼吸自然空气。太阳出来后，又要酌情遮阴。风大了，更要覆盖严密。这些小苗们啊，就像娇弱的孩子，热不得、凉不得，饥不得、饱不得，涝不得、旱不得，阳光晒不得，大风吹不得。

工人们每人每月可休息4天。

每天干完活之后，还可以在基地打零工，比如突击栽苗、整地、施肥等。这样，每天能再赚80元。

工作，严格有序，完全像一个产业工人。

杨扎体受聘在这里3年了。每天用心工作，每年收入不菲。

去年，他家里盖起了一座两层小楼。

……

38岁的石小平也是拉祜族，糯福乡戈地村人。

他只读到小学二年级，家里3口人：他和妻子，还有一个16岁的儿子。他有6亩田、40亩松林。过去收入少，加上父母生病和办丧事，欠债多多。2018年初，他进入公司时，身上背着8万元外债。

他和妻子承包某企业统一规划的40亩地，在院士团队和基地技术人员指导下种植三七。

两口子每月固定收入6780元，再干些零活，还会有几百元。

公司在基地附近建造了几栋临时住房，能洗澡、能做饭，室内有空调、有厕所，全免费。

石小平过去爱喝酒、抽烟，现在全戒掉了。

他干活特别认真。拔草时，要连根拔起。施肥时，要把松针扒开，把有机肥撒到畦面上，用手把土表皮与肥料融合，再把松针回归原位。

工作好，收入自然也有保证。

2020年12月，他还清了所有外债，还有了1万元的积蓄。

他当然高兴了，决心跟着院士团队永远干下去。

唯一让他不高兴的是，孩子不爱读书。

儿子初中毕业了，成绩不好，无意读高中，心想反正也考不上

《礼赞大地 9》　陈流　水彩

大学，有些自暴自弃。石小平本来考虑让儿子出去打工，听说朱院士要在县城创办职业技校，便又想让他去那里读书。

他想，下一次见到朱院士时，要征求一下他的意见。

想到这里，他微微地笑了。

43. 第一次拍卖

2019年10月9日上午，一场特殊的三七竞卖会在澜沧县大塘子村举行。

朱有勇团队首批种植的林下三七，终于到了采挖季节。

本次采挖和竞卖，在其中一块面积为一亩的林地上进行。10月的澜沧，气候依然炎热，但在数十米高的思茅松遮蔽下，山林间空气湿润，凉爽宜人。

前来参加最新一期三七培训班的农民学员正在上开学“第一课”——采收三七。

“知道为什么叫三七吗？因为有七片小叶三根茎，种植时要‘三成光，七成阴’。”“三七全身都是宝，采收时要从周边挖起，要保持叶子和须根完整。叶子和须根也有很高的药用价值和经济价值呢。”

朱有勇团队成员、云南农业大学科技处处长朱书生教授一边示范，一边讲解。学员们很快掌握了技巧，完整地挖出一个个带着泥土芬芳的新鲜三七。

采挖结束，一亩地出产新鲜三七160公斤。

这些三七，很快被送到竞拍现场，成为竞拍品。

这是一种特殊产品，这是一个全新方向！

上午9时，副省长和科技厅厅长等领导都来了，同时到来的还有30多家药商。

中国工程院驻云山村党支部第一书记何朝辉主持拍卖会。

“竞拍物为林下有机三七扶贫试验示范基地三年生鲜品。鲜品以每公斤250元起价，竞买人可举牌应价，加价幅度不低于50元。”何朝辉刚刚介绍完毕，现场参加竞拍的企业和个人已经跃跃欲试了。

一筐筐叶片鲜绿、根系繁茂、主根饱满的新鲜三七，立时成为现场的主角。

随着拍卖槌落下，底价一路攀升。

竞拍者踊跃举牌，价格很快突破800元。

一转眼，已经飙升到了2100元。

而此时，竞价环节只进行了不到两分钟时间。

正当商家们摩拳擦掌，准备进一步竞价时，朱有勇果断叫停了竞标。

鲜品每公斤2100元，按4比1换算成干成品，就是每公斤约8400元。这个价格，已经远远高出市场价。

“感谢大家对林下三七的认可，这个价格已经很高了。”朱有勇解释，“价格炒高了，老百姓就用不起了。这不是我们研究三七的初衷！”

扶贫是要培育出一个健康的产业，而过早过高的炒作反而会伤害刚刚起步的产业生态。

因此，朱有勇先前将自己的发明专利捐献出来，给企业和个人无偿使用。唯一的条件是，如果有企业要加盟种植林下三七，除了遵守约定之外，还必须将最终利润的15%捐献出来，分给当地村民。而这15%的利润，原本应该是朱有勇院士团队的技术入股收益。

朱有勇进一步说：“三七价格不能虚高。只有普通收入者都能够用得起，只有农民通过扎扎实实的种植、生产和销售，能够持续获得利润，这个产业才能彻底兴旺！”

整个现场，掌声雷动。

44. 未来山民最富裕

朱有勇坚信：现在国际上之所以对中医缺乏充分肯定，其根本原因在于药材质量低劣。只要中药品质真正提升，价值就会大大体现。

2020年9月，朱有勇院士团队正式公布了三七的种植标准。

许多外围企业垂涎欲滴。这黄澄澄的林下三七，是黄澄澄的金子呀！可只看纸上资料，还是学不会科学种植，育种、移栽、管理、浇水等每个环节，极尽玄妙，即使照葫芦画瓢，也难得其真谛。

技术含量如此之高，操作如此之精细，小学未毕业的拉祜族老百姓却学会了！

朱有勇和他的团队，下了多少功夫，天知道！

他每年培训60名学员，每名学员可以管理200亩地。

这些农民学员，都是专家，都是三七的朋友、三七的使者！

每当走在松林下，摸摸油亮的三七叶子，嗅嗅绿色的三七花蕾，朱有勇习惯于笑呵呵的面容就会变得凝重，思绪飞出很远很远。

现在，对于朱有勇而言，几亩、几百亩、几万亩都只是一个概念。

2021年，种植面积已达2万多亩，未来几年在澜沧种植10万亩，已是呼之欲出。

可种三七，仅仅是考虑种三七吗?

不!

朱有勇最清楚，中国人口多土地少，粮食紧张，18亿亩是耕地红线。若不珍惜土地、科学利用，真有守不住红线的危险，造成粮食危机。

如果那样，将是中国的最大危机!

国家缺土地啊!

现在，全国种植中药材用地约7000万亩，仅云南省就达800万亩。如果大部分中药材能够回到野外山林种植，便可腾出土地五六千万亩。

纾民之困，解国之难，意义何其大!

绿水青山，就是真正的金山银山!

林下三七，在澜沧县的种植“版图”逐年扩大:

2016年11月，只有8亩地，局限在1个村子。

2017年，面积扩大到300亩，7个村子。

2018年，种植面积3000多亩，22个村庄参与。

2019年，扩大到9700多亩，发展到100多个村子，并已有10多家企业进入，共投资2亿元。参与的技术人员和农民呢，超过5000人。

2020年，流传农民土地2万多亩，共有2889户1.04万名农民从事三七产业。

林下三七产业，正在澜沧县红火起来！

……

云南省现有耕地面积不足1亿亩，但林地面积多达3亿多亩，其中近1亿亩适宜林下中药材种植。

盘活林业资源，是云南省偏远山区群众巩固脱贫攻坚成果、投身乡村振兴的最重要途径！

而三七，便是领头雁、报春鸟！

第八章　山村的笑靥

每年农历正月初一至十五，是拉祜族的扩塔节，即春节。

拉祜族的春节，显然与汉族春节同源，时间基本相同，仪式大同小异，只是分为大年和小年。

大年从正月初一开始，至正月初四结束。

每年腊月二十四这一天，平时分散居住在田棚、地棚里的人们，都要回归村寨，像汉族过新年似的清扫屋院、清洗衣被。而后，家家蒸糯米饭、舂糍粑。同时，还要把刀、斧、锄、犁等生产工具洗刷干净，摆成一排，并在每种工具上放一块小糍粑，以感谢它们一年来的辛苦。太阳落山时，全家男女老少站在门前，面向西方祷告，迎接祖先亡灵回家，一起欢度佳节。

大年初一，拉祜族有抢新水的习俗。雄鸡刚刚报晓，每户人家都要选派一名青壮年，提着竹筒，争先恐后地跑向泉边，抢接新水。新春之水，在人们心目中是纯洁与幸福的象征。

过完大年初一和初二，全村男人要举行一次围猎活动。如果捕获大的猎物，自然是大吉大利；捕获小猎物，则是小吉小利；空手而归，便是不吉之兆。因此，上山围猎的人们，决不肯轻易回寨。

正月十五这一天，人们也会像过大年一样舂糍粑、吃年饭，举行三天娱乐活动。

整个节日期间，不仅要杀猪、宰鸡，宴请亲朋好友，还要荡秋千、打陀螺。

夜间，男女老少都要云集在寨场上跳歌。参加跳歌的人们，手拉着手，围成一圈，和着芦笙和三弦欢快的旋律，或一起跺脚，或一起踮步，按节拍摆手、屈腿、弯腰，边舞边歌。其歌唱形式是一人领唱，众人唱和。有时，男女之间还要对歌。

改革开放之后，随着现代社会的快节奏，随着兄弟民族的大交融，拉祜族的春节庆典活动又加入了鲜明的现代元素。

20世纪80年代之后，澜沧县群众相约在大年初三向县委、县政府拜年。最初，是各乡镇群众代表全部进城。后来，每年约定以两个乡镇为主，挑选1000人，抬着甘蔗、茶叶、猪头、粑粑等，敲锣打鼓唱唱跳跳，绕县城一圈，而后进城。

欢庆人群走到县委、县政府门口时，全体县委班子成员列队迎接。农民代表把礼物呈上后，县委领导也要还礼。所还之礼为白糖、种子和科技书籍，预示着日子甜甜蜜蜜、来年丰收和聪明智慧。

而后，干部和群众全体移步到县城中心的葫芦广场上，伴随着悠悠的芦笙，集体歌舞。

跳什么舞呢？那是一种新式的摆舞，即模仿锄地、插秧、挖地、平地、撒种等劳动动作。

全民狂欢，直至天亮。

澜沧全域，快乐祥和！

45. 为了心爱的女孩

在蒿枝坝，他的名字是刘扎娃，1995年5月生，属猪。

村里同姓同龄的男孩有4个，都叫刘扎娃。于是，上学后，他便给自己重新取了一个名字：刘明生。

刘明生自小聪明伶俐、喜欢学习，初中毕业时，竟然考入了澜沧一中。但进入高中后，由于家庭原因和自己的青春叛逆，成绩滑坡。高考落榜后，他不得不自费进入一家民办大专学校。这时，他听说不少同学去缅甸打工，便动了心思，决定辍学。

进入缅甸后，刘明生先是在一所小学担任汉语和数学老师。算上住宿补助，每月收入35万缅币，折算人民币只有1000元，勉强生存。教书两年后，他又辞职，与朋友一起做快递，但当地经济落后，竞争激烈、生意寡淡、挣钱不易。半年后，他灰溜溜地回到了村里。

其实，刘明生也是一个可怜孩子。出生不久，父母离婚，父亲外出打工，他从小便跟随爷爷奶奶生活。上小学和初中时，每月花销100元；进入高中后，每月生活费600元，学费每学期1400元；自费读民办大专，每年学费更是高达万元左右。

学费是一笔大开销啊。爷爷已经70多岁了，还要去附近建筑工地打工。

贫穷的苦涩，刘明生早早尝到了。

贫穷却又是魔鬼，总是如影随形地缠绕着他。

2018年12月，刘明生从缅甸回到村里。自觉一事无成、颜面尽

《礼赞大地 10》 陈流 油画

失，他把自己关在家里，喝酒抽烟嗑瓜子。自己没钱，又啃老，买的全是便宜货：酒是农村自酿的苞谷酒，10元一斤；瓜子3元一大包；烟呢，更是最廉价的品牌。

烟雾浓浓，愁雾浓浓。那是自己苦恼无奈的人生！

他的命运改变，得力于朱有勇的到来。

跟随朱有勇进驻的工作人员中，有一位是中国工程院机关干部何朝辉，担任蒿枝坝所属的云山村驻村第一书记。

何朝辉在家访中发现，刘明生竟然是高中生。

蒿枝坝180户，六七百人，只有10个初中生。高中毕业生，只有他一个。

刘明生，简直就是寨中的“状元”了。

何朝辉十分爱惜这个年轻人，今天上门，明天再访，后天还来，前前后后交流了5次，反复劝说：“你不要颓废！年轻人嘛，要振作起来。你有知识，肯定会大有作为！”并鼓励他参加院士培训班，学种洋芋。

刘明生心动了。

最新一期的冬季马铃薯培训班，面向全县招生，共40多人。刘明生年龄最小，却当上了班长。学员们不用花一分钱，管吃管住，还有正规严格的军训。

培训时间跨度一年。集中培训3次，第一次传授如何整地和栽种，学期7天；第二次主要是田间管理和防虫，学期4天；第三次则是总结收获，还有规划，讨论是否成立合作社等，学期4天。凡是参加马铃薯班的学员，免费发放种薯和肥料。

在培训班，怎么站队、怎么吃饭、怎么说话、怎么操作，都有严格要求。刘明生是班长，更是样样带头做标杆。靠着观察和感悟，他懂得了交往，学会了为人处世。

于是，他说服爷爷和家人，把家里的4亩地全部种下了冬季马铃薯。2019年11月28日下种，第二年4月5日收获，当年就获利1.4万元。

这是他人生中最大的一笔收入了！

他开心地笑了。

这也是他辍学后第一次露出舒心的笑。

他皮肤白皙、五官端正、浓眉大眼，笑起来竟是那么帅气呢。

在此期间，他遇到一个心仪的女孩子。女孩子就住在邻村，也是冬季马铃薯培训班的同学。

女孩子清清秀秀、文文静静。在一起培训的过程中，两个人渐渐熟悉了。刘明生心生涟漪，腼腼腆腆地和女孩子开着玩笑，还加了微信。两人的脸上，都飞动着深深浅浅的红晕。

你来我往几个月，女孩子的父母知道了，强烈反对："你找一个穷人家，看你以后日子怎么过！"

女孩虽然喜欢刘明生，但父母的话又不敢不听。在父母的强迫下，就把他的微信拉进了黑名单。

本来打算牵手往前走，不想却被棒打鸳鸯散。刘明生再次陷入颓废。他把自己关在家里，电话调为静音，猛抽烟、狂喝酒。喝醉后，就坐在房顶上，吹起凄惶的芦笙，唱起悲伤的歌曲。

看到这种情况，女孩的父母更是不许女儿与他联系。

朱院士住在科技小院，距离刘明生家不远，每天晚上散步或早晨跑步时，都能听到刘明生的心声。于是，他请何朝辉出面，好好开解一下这个年轻人。

两个月之后，刘明生平静下来。他下定决心，要做出一番样子之后，再联系心上的女孩。

除了种洋芋，刘明生还盘算着做些什么。他想，家里除了爷爷奶奶，还有叔叔和伯伯两个劳动力啊。叔叔35岁，打光棍；伯伯41岁，离婚了。

刘明生计划养鸡、养猪。丰衣足食后，叔叔伯伯们也能娶上老婆。

于是，在何朝辉和村支部的帮助下，刘明生家里又养了8头猪、100只鸡。

心中有梦想，身体有力量。现在的刘明生，不再喝酒、不再抽烟，而是一门心思地好好干活、努力养家。

朝霞满天的早晨，月光朦胧的晚上，他就坐在房顶上，吹起芦笙，唱起欢乐的歌曲——

风儿静，月儿明，
阿妹在房中侧耳听，
嗯……
手绣着荷包听心声。
口弦声声，心弦声声，
弹进阿妹心中，声声叫我难入眠。
阿哥哟！

树儿静，鸟不鸣，
阿哥在林中弹不停，
嗯……
手捧着荷包对和声。
口弦声声，心弦声声，
弹出甜美和音，声声唱着爱和情。
阿哥哟！
…………

芦笙和歌声，把他的深情和希望，涂满了大山，像满天的彩霞，似满天的星辰……

他相信，女孩和女孩的父母，会看好自己的！

46. 秀　情

蒿枝坝，这个曾经最贫困的小村，已经成为整个澜沧县的科技中心。

这里每年都要举办两期培训班，每期5至8个班，分冬季马铃薯班、三七班、中药材班、电商班等。

人员流通的繁忙，给小村带来了另外的商机。

张克秀和朱永情的命运十分相似：都是1975年出生，都是少数民族，都是父母离异，都是跟着祖辈长大，都是初中未毕业就辍学。总之，都是出身穷苦人家。

张克秀是女孩子，妈妈改嫁到河南农村，她从小就被送到外公外婆家。朱永情是男孩子，父母分开后，他跟在爷爷奶奶身边过日子。

没有父母的孩子，虽然可怜，却也早早懂人事、早早会干活。张克秀的外公外婆家和朱永情的爷爷奶奶家，都住在一个山头上。

山谷有一道山溪，山腰有一个坝子。辍学后，张克秀和朱永情就开始帮着大人干活。他们经常到山溪旁洗衣服，到坝子上放牛，到田地里劳作。张克秀心灵手巧，洗衣服干净利索；朱永情勤劳有气力，牛打架了，牛跑远了，他都能收拾妥当。朱永情擅长锄地，而张克秀的爱好则是浇水。

朝夕相处，他俩的心贴近了。于是，干活就搞起了互助，你帮我洗衣服，我帮你放牛；我帮你锄地，你帮我浇水。也许这就是青梅竹马，但双方都不懂，只知道快快乐乐地干活，你少不了我，我少不了你。

后来，张克秀经人介绍，去上海的服装厂打工。热闹的大都市，繁忙的车间，但她总觉得缺少了什么。对，正是缺少了朱永情。于是，她把朱永情也叫来，两人一起在服装厂干活。

18岁了，眼里看对方都是满满的爱慕，却又不敢说破。

又过了几年，朱永情鼓起勇气，给张克秀写信求爱。内向的张克秀不敢表白，收到对方的信，就害羞地答应了。

那一年，他们都已23岁。

为了照顾双方老人，他们结婚之后，便一起回家务农。

乌飞兔走，似水流年。

转眼间，他们的孩子已经20岁了。

2015年底，村里来了一位客人，被派到家里吃饭。他健壮敦实，头发黑亮，周身儒雅，朴朴实实，满脸笑容，亲如乡亲。他是教授还是乡亲呢？朱永情一边猜想，一边倒茶斟酒。

客人乐呵呵地问："你姓啥啊？"

"我姓朱。"

"哈，我也姓朱。那你就是我弟弟啦。"

此时，朱永情并不知道眼前这位客人就是朱有勇，大名鼎鼎的院士，是来帮他们脱贫奔小康的"财神"。他们也不清楚，他的到来意味着什么。

但是，很快，他们就分明地感觉到，寨子在细细碎碎却又轰轰烈烈地变化着。

朱永情夫妇曾在上海打工，见过世面。

他们看到上头来的人多了，有县里的，还有省里的，但总是没有吃饭的地方。于是，他们商议开办一个农家乐。

他俩在自家小院周围又租下一片闲地，自己设计，请人施工，建造了一座别致的小院。竹木屋顶，竹木墙壁，与周围白墙红瓦的民房比起来，颇具民族特色。

他俩从自己名字里各拿出一个字，合成农家乐的名字：秀情农家乐。

"秀情"既是农家乐，也是裁缝店。

张克秀在上海的服装厂干过几年。她把海派风格与民族风格融合起来，设计和制作民族服装。如果需要钉银器，则分包给村里的老匠人，她只赚取薄利。

朱永情呢，则执掌厨房，大秀厨艺。

"财神"来了，生意真的好起来了。朱院士带来了众多客人，更有每年两期的院士培训班。最多的一次，小院来了几百人。朱永情一人掌勺，做了几十桌菜，每道菜都很有风味，客人们纷纷叫好。

朱院士还启发他改良菜种、增加菜式。

朱有勇爱吃洋芋，便教朱永情学做腌菜洋芋汤。

后来，这道“院士洋芋汤”，成为秀情农家乐的看家菜。

张克秀的裁缝业务也渐渐地火起来了。昆明、广州、深圳等大城市也时时来电，订购民族服装。夫妻俩还具有品牌意识，做好的民族服饰专门打上“秀情”标志。另外，张克秀还承接其他缝补活儿，改衣服、做窗帘布、缝电视罩等。

他们，现在每年都有10多万元纯利润呢。

47. 味道得得嘛

朱院士来到蒿枝坝的第二年，寨子里办起了第二家农家乐。

今年37岁的刘扎丕，对童年的记忆十分深刻。他住在半山腰，篱笆房，透风透雨。山路弯弯，下雨时满是泥巴，根本不能下山。家里太穷了，念完小学，他就辍学在家，犁地、干农活。

家里有5亩地，种玉米，一亩只赚二三百元。父母、哥、姐、弟，还有自己，全靠这5亩地，总是吃不饱。

刘扎丕结婚了，生下一对儿女。妻子和自己一条心，起早摸黑，苦苦干活，可日子还是艰难。家里除了灶台，连一件像样的家具也没有。

一天，妻子说：“寨子来了一个院士，教大家种洋芋。那院士是啥呢？”

“听说是科学家呢！”

“你不记得了吗？以前咱家试种过一次，是和玉米混种，小小的，鹌鹑蛋一样，产量还低，卖不出去，都是自己吃了呢。院士教种洋芋可靠吗？”

怀疑归怀疑，自己是村小组长，还是要带头。

第一年，他将信将疑地种了两亩。

刘扎丕是老实人，觉悟高，不惜力，院士让整地就整地，让浇水就浇水，让施肥就施肥，认认真真地伺候土地。三个多月后，挖开一看，嗬，好大的洋芋！

这两亩地，净赚1.3万元，是过去亩收入的十倍八倍。

夫妻俩尝到甜头了，第二年雇人种，种了3亩，赚了2万多元。

第三年，要大干一场了。地不够，就在村里租了13亩，每亩租金400元。收获时，满地都是圆滚滚的洋芋。1公斤3元，地里现挖，地头收购，现场付款。

这13亩，足足赚了8.8万元！

看到这种情况，村里老百姓不舍得把地出租了。如果租出去，每亩只有400元，而自己种，可以赚四五千啊。别看都是木讷人，心底却清清楚楚的呢。

过去是冬闲地，现在是黄金田！

无地可租，就另想办法。

看到秀情农家乐生意红火，刘扎丕就和妻子商量也开一家。他们在自家后院的空地上扩建了厨房，搭起一个大棚。大棚周围种上花草，围上篱笆。篱笆外面种满蔬菜，木瓜一串串，豆角满枝头。

坐在农庄里，悠然见青山。吹着凉爽的山风，品着香醇的新茶，尽得农家乐之乐。

刘扎丕最绝的手艺是会用洋芋做10道菜：炸洋芋、老奶洋芋、洋芋腌菜汤、烤洋芋、青椒洋芋丝、舂洋芋、凉拌洋芋、干焙洋芋丝、干锅洋芋片、洋芋焖饭。

客人吃过，都忍不住称赞："扎丕洋芋，味道得得嘛！"

"得得"，类似于城里的"真棒，真棒"。

于是，"味道得得嘛"便成为刘扎丕的代号。

客人最多时，超过250人。忙不过来的时候，邻居们就上门帮忙。

拉祜寨子里有一个淳朴的特殊约定：若是帮助在地里干活，每天需付工钱60元。而在家里帮工，则属于换工性质，不需付费。这次你帮我，下次我帮你。大家心里都有一本账，都会自觉地、尽快地偿还。

2019年，刘扎丕农家乐净利润8万元。

刘扎丕说："朱院士像一阵风，把寨子旧的、坏的东西都吹走了。"

的确，过去，不少村民经常喝酒到深夜12点，第二天上午9点还不起床，整天懒洋洋。

现在，看到60多岁的朱院士每天早晨6点钟起床跑步，村民们说："院士科学家起床这么早，咱们还能睡懒觉吗？"于是，他们也早早起床了，门内门外清扫一遍，连家里的狗窝和鸡窝也清理得干干净净，宛若新房。

狗们、鸡们也吃惊了，都瞪着疑惑的大眼，看着主人。后来，它们终于明白，这时代在变，这世界在变，变得更文明、更幸福。于是，它们也不再随地大小便了，而是配合主人，尽量把粪便拉在窝边，为创建文明家庭作贡献。

原来，由于穷困，家里没有电视，村民们很少看电视。现在，通过种洋芋，家家有了存款，也都买了电视机，还有了各种新式家具。不少人家里，还有了电脑，可以上网。鼠标一点，遥远的山外世界呈现在眼前，花花绿绿，五彩缤纷。

刘扎丕更先人一步。2020年3月，他买了一辆高档轿车。

生意清淡的季节，他开着私家车，到普洱，到西双版纳，到香格里拉，到昆明，专程去旅游。

那曾经是最遥远的梦想，现在却是最普通的生活！

48. 院士月老

张晓鹏，身材挺拔，满面英气，笑容灿烂，牙齿整齐又洁白。这颜值，直逼荧屏里的影视明星。

这个身高1.85米的帅小伙，刚刚30岁，却已走过了人生的冰火两重天。

他是内蒙古自治区呼和浩特市人，原本有一个幸福的家庭，父亲是市信用社主任，母亲是政府部门的工作人员。父母疼爱，生活宽裕，他是别人羡慕的“富二代”。2007年，他的命运急转直下，父亲因经济问题入狱，被判刑12年。母亲不堪打击，突发心梗去世。当时，他正在读高二。尽管这样，他还是考上了内蒙古农业大学。没有了父母的支持，他只有自己贷款上大学。白天上课，课余打零工挣钱。

大学毕业了，找不到工作。腰包无钱，晚上只能睡在桥洞里。

一个路过的企业家看见他，心生怜悯，聊天之后，又感觉这孩子谈吐不凡，便把他引荐给一家农业科技公司，学习马铃薯组培、微型薯生产、网棚薯生产技术。

2015年，张晓鹏进入中国薯网，负责生产基地种植与技术维护，管理马铃薯的种苗。

中国薯网，以马铃薯产业为核心，农商互联，疏通供求交易，公司设在呼和浩特市。因此，张晓鹏经常在网络与农户之间奔波。

2017年4月，他到云南调查马铃薯市场。在这里，他认识了朱有勇院士。

这年12月27日，张晓鹏随朱院士来到澜沧县勐滨乡考察一家养殖场。

实在没有想到，在这里，他遇到了爱情。

下车后，张晓鹏专心致志地参观猪场。猪场买小洋芋喂猪，而这些小洋芋，正是朱有勇院士团队研发的冬季马铃薯的底端部分。

斜坡上，是一个简易棚搭建的大猪场，养猪2000多头。猪场边上，有一个穿迷彩服的亭亭玉立的漂亮女孩，和女主人一边干活，一边又说又笑。她们显然是母女，却又宛若姐妹。

张晓鹏16岁丧母，对母爱有一种特殊的渴望。眼前这一幕，让他怦然心动："这母女俩太温馨、太幸福了！"

这个女孩，名叫武婷婷。

当晚，大家在武婷婷家的餐厅里聚餐。

朱院士私下里推一推张晓鹏：“小婷还没有对象，你可以去追一追啊。你们两个，还真有缘分呢。”

武婷婷正在为大家烤肉，听朱院士开玩笑撮合好事，便有些害羞，故意默不作声。

不一会儿，她的手机“嘀”的一声响。

她低头一看：“无聊透了，谁把我的手机号码发给我呀？”

原来，正是朱院士把张晓鹏的电话发给她，而她和张晓鹏电话号码的头尾数字，竟然一模一样，都是“15”开头、“2345”结尾，中间的号码也特别近似。

太巧了！

当晚，武婷婷给客人们唱祝酒歌，一曲又一曲，清纯又柔情。

在大学，听惯了文艺情歌；在老家，听惯了豪放牧歌。张晓鹏哪里听过这些原生态的少数民族祝酒歌呢？

张晓鹏当即就被迷住了，一杯又一杯，不觉已陶醉。

睡梦中，伍婷婷的影子，真真幻幻、晃来晃去……

两个月后，张晓鹏再次来到蒿枝坝。

张晓鹏一心挂念着这个令他心动的女神——婷婷多么活泼可爱啊，让自己内向的心胸洒满阳光。他已经认定：她就是自己的另一半！

他们又见面了。两个月来，通过微信已经聊得熟络，相隔5400公里的天空，写满了他们的情话和承诺。他们已经初步确定了男女朋友关系，并开始谈婚论嫁。

新年到了，伍婷婷跟随张晓鹏回家过年。

父亲已经刑满释放回家，听说张晓鹏找了一个少数民族女友，并不放心："你们差异太大，一北一南，一个本科生一个高中生，一个汉族一个拉祜族，饮食口味不同，文化又有差异，能走在一起吗？能幸福吗？"但是，当父亲见到性格开朗、知情达理的武婷婷之后，马上就接纳了这个未来的儿媳妇。

中国薯网也舍不得张晓鹏这个优秀员工，要加薪挽留。

然而，痴情的张晓鹏一心一意地追求着自己的爱情。他决心放弃北方蓬勃的事业，到云南省澜沧县发展。

2018年6月6日，他们领取了结婚证。

这里，有他亲爱的妻子，有他敬爱的院士，有他心爱的事业。这里虽然贫穷，但可以用自己的知识和社会经验带动贫困户脱贫啊。

他更心疼岳母。岳母赵兰花，61岁，早年丧夫，孤身拉扯女儿长大。现在，她投入七八十万元，成立了一家生猪产销合作社，与院士团队结成了联盟。

张晓鹏的出现，让合作社如虎添翼。赵兰花母女的养殖规模不断扩大，不仅养猪，还养鸡6000只。

朱有勇又来了，看到张晓鹏又黑又瘦，就问伍婷婷："你欺负晓鹏了吗？"

张晓鹏和伍婷婷对视一眼，笑了起来。

张晓鹏把手伸到背后，不让朱院士看到自己布满手臂的蚊虫叮咬痕迹。这里阳光充足，蚊子也多，且饮食习惯与北方不一样，但是，他正在全面适应。

的确，每次见到朱院士，张晓鹏都有一种对待父亲般的特殊情感呢。正是朱院士，才让自己有了今天的幸福生活啊。

朱有勇看过养殖场之后，告诉他："养多少肉猪不是牛人，养多少基础母猪才是根本！"

对啊，怎么自己就想不到呢?

几天后，张晓鹏赶到昆明，选购了11头纯种母猪。这样，既可以繁育二元母猪，又可以一窝一窝地生猪崽，还可以把二元母猪卖给周围农户，带动大家致富。

他感觉自己的每一步都离不开朱院士，便又讨教。

朱有勇说："晓鹏啊，你可是搞马铃薯起家的，不要忘了老本行。"

他再次恍然大悟。

是啊，养殖业走上正轨之后，可以交给岳母和妻子打理，而自己的专业和事业，还在于马铃薯。

马铃薯的市场，无限大!

看着金灿灿的马铃薯，他再次看到了金色的未来。

对了，他忽然又想起，自己虽然拿到了结婚证，但还没有举办婚礼。而朱院士，曾经答应亲自为自己做证婚人呢!

第九章　论文写在大地上

2020年9月10日上午，云南省普洱市决战决胜脱贫攻坚系列新闻发布会澜沧专场在市行政中心召开。会议对澜沧县的做法和成绩进行通报，并回答记者提问。

截至2020年4月底，澜沧县剩余贫困人口均达到“两不愁三保障”标准，拉祜族、佤族、布朗族实现整族脱贫，真正实现全国“直过民族”区域最大、人口最多县“一步千年”的历史性跨越！

在通报中，特别提到了中国工程院：

> 澜沧县借助中国工程院人力、智力帮扶优势，建成了14个林下有机三七科技成果和15个冬季马铃薯优质高产示范样板，走出了解决素质性贫困的‘产业+技能’科技扶贫之路；创办中国工程院院士专家技能扶贫班，培养了1500余名新型职业农民、2800余名基层技术人员和农民群众，打造了一支科技人才队伍。

2020年11月13日，云南省人民政府正式批准：澜沧县退出贫困县之列。50多万澜沧各族人民，一并携手，步入小康社会！

阶段性的扶贫工作结束了，但新的任务、新的征程还在面前。

对于这一片热土，朱有勇已经产生了无限感情，并没有离开的计划。

其实，围绕着进一步的乡村振兴工作，他早就起步了……

49. 培养新农民

澜沧县到底为什么穷？

有什么？缺什么？要做什么？

经过这几年的脱贫攻坚工作，各种扶贫措施综合发力，特别是冬季马铃薯和林下三七种植的全面推广，带动了全县数万农民脱贫致富。

但这些成绩仅仅是开始，将来会不会保持和发展呢？未来的农村、农业和农民，要进一步振兴、进一步富裕，而澜沧县的综合基础还十分脆弱啊。

澜沧是全国唯一的拉祜族自治县，中华人民共和国成立初期，大多数群众仍然不会说汉语，更看不懂汉字。至今，偏远山区的半数中老年农民仍是如此。

由于文化基础薄弱，长期以来，农村教育模式以双语为主，孩子们从小学三年级才开始学习汉语。改革开放以后，全民义务教育水平提高了，但相比于外地，全县升入高中、考入大学的学生仍是偏少。截至目前，全县15岁及以上人口的平均受教育年限仅为6.3年，远远低于全国水平的9.91年。全县每年初中毕业生5000人左右，能进入高中和职业高中的人数不足三分之二，剩余者不得不回家务农，或外出打工。

而这部分青年，正是未来建设家乡的主力军。

要培养，要提升，要把他们培养和提升为新时代的新农民！

虽然按照组织安排，朱有勇在澜沧县的扶贫工作将要结束了，但几年来的朝夕相处、同舟共济，使他对这片土地产生了深厚感情。这里，俨然已经成为他的第二故乡。

此生已是澜沧人！

朱有勇曾是大学校长，他深深地明白，要从根本上改变贫困基因，最有效的途径就是从教育入手！

其实，从2016年开始，他就开始深度思考这个课题。

澜沧拉祜族自治县职业中学，位于县城西南部，始建于1983年，占地面积只有35.6亩，不仅规模偏小、条件简陋，达不到国家办学标准，而且招生数量和教学质量更是远远跟不上时代要求。

如果创办一所全面培养本地农村青年的高等职业学院，岂不是可以从根本上解决这个问题？

但是，何其难也！

在边疆少数民族地区创办一所大学，有人报考吗？怎么把教师留下来？怎么提升硬件？怎么运作下去？

一个个难题，一次次破解。

由于曾任云南农业大学校长，他对全省的教育资源比较了解。他相信，师资方面，只要上级支持和省属高校配合，可以通过合作办学的方式解决；生源方面，澜沧县和周边少数民族地区中学毕业生众多，无须担心；学历方面，可以中高职业相接，3+2，即三年大专毕业之后，两年升级本科；学费和生活费，可以采取教学与实

《礼赞大地 11》 陈流 水彩

践相结合的模式，使学生在实习中获得，而这，又可以成为学校的办学特色。

最后，朱有勇汇集大家智慧，设想趋于成熟：创办一所全省规模最大、条件最优的边疆高等职业院校——普洱职校分中心。该校面向本县及周边招生，并辐射邻国缅甸。如果这样，这所国际性的高等职业院校，也将成为国家“一带一路”倡议的一个强力支撑点。

根据这个思路，相关单位马上着手，进行初步设计。

为了充分引起高层关注并加快进度，2017年初，朱有勇联名14位院士，向云南省委写信，正式提出申请。

很快，省委领导和相关专家亲自前来现场调研。

项目初步确定，马上重新选址。

新址选在县城东部唐胜村芭蕉林村民小组。

2017年7月2日，云南省教育行政部门正式批复立项。项目投资4.9亿，占地面积307亩，在校生规模为6000人；生源来自本县和附近县市，包括缅甸部分学生。

乘胜前进，马不停蹄。朱有勇亲自拜访并盛情邀请同为中国工程院院士的建筑设计大师、东南大学教授王建国设计。于是，王院士不辞辛劳，亲临现场，反复踏勘。

不久，一所现代化的高等职业院校的建筑设计图精彩出炉。

主体建筑以灰白色调为主，配合金黄色。所有单体建筑全由空中走廊相连，通过空中走廊，也可以走遍全校。每个建筑物上，均镶有葫芦图腾。整体设计新颖别致、现代时尚，又颇具民族特色。

需要特别说明的是，虽然倾心设计、辛苦多多，但王院士公开宣布，这也是扶贫工程，免收设计费！

但是，更大难题，就在眼前！

建校和办学经费4.9亿元，从何而来？

虽然县财政会拿出一部分，但澜沧县毕竟刚刚脱贫，囊中羞涩啊。

为此，朱有勇不得不到处奔走，争取社会资金。

2018年3月3日，全国“两会”在北京召开，身为全国人大代表的朱有勇光荣出席。9日上午，小组会议，分管教育工作的国务院副总理孙春兰将参加云南组讨论。

朱有勇特意换上一套拉祜族服装，主动要求发言。

座谈会上，他以一个拉祜族农民代表的身份，讲述“直过民族”地区的教育史和现状。的确，少数民族儿童在小学三年级之后才学习汉语，起跑线与内地儿童不一样，而后共同参加高考，不可避免地要落后一些。怎么办？后程追赶。怎么追赶？政府应该在职业教育等相关方面进行帮助。在一个贫困县创办高等职业院校，听起来似乎有些违背教育规律，但是我们应该办、必须办。因为我们只有一个愿望，那就是为了我们边疆少数民族兄弟的根本利益！

朱有勇越说越激动。

孙春兰副总理看着这个身穿少数民族服装的拉祜族代表，似乎有些疑惑他的身份。

省委书记马上介绍，这是朱有勇院士。

副总理笑了，随即表示支持。

会后，云南方面主动与教育部联系。很快，这个项目经过层层论证，进入国家教育专项资金支持目录。支持额度为1亿元，由国家开发银行严格按程序发放。

朱有勇再接再厉，用真情恳求省市政府、社会公益部门和爱心企业。他奔跑游说，足足一年，共落实各类资金4.39亿元。

2019年4月，这所凝结着朱有勇特殊心血的高等职业院校正式开工。

2021年初，学校主体建筑完工，开始筹备当年9月招生。

虽然未来规划招生12个专业，但2021年是起步之年，必须稳健前行。所以，校方决定只是开设3个专业，招生2000人。

这3个重点专业为农学、中药学、畜牧兽医学，师资以云南农业大学教师力量为主。

为什么开设畜牧兽医专业？

有史以来，拉祜族群众家家户户养猪养牛，而且这里冬季室外不冷、夏季室内不热，特别适合发展养殖业。全县现有17万头存栏牛、51.39万头生猪，但是，由于科学和文化相对落后，全部是自然养殖，严重缺少专业人员。

科学发展养殖业，也是拉祜族父老乡亲未来的日常功课！

50. 最美三七

澜沧县现有38.4万亩茶林、22.9万亩甘蔗。这些经济作物，是澜沧农业、农村和农民千百年来积攒的根本，也是保障。但仅靠这些，并不足以致富，更不足以振兴。于是，在朱有勇院士团队的帮助下，又有了冬季马铃薯，有了林下三七。

2018年，澜沧县正式确定林下三七为“一县一业”的主攻方向，决心在“十四五”期间推广到10万亩，实现产值100亿元。

但种植10万亩林下三七，是一个巨大的系统工程！

首先，需要1.2万亩育苗基地作为支撑。种苗不过硬，皆是空谈。

其次，需要500名左右专业人才支撑。一个技术员，只能管理200亩左右。管理不过硬，更是妄言。

于是，创建一个万亩中药材示范园作为种苗和人才培养基地，是必需，也是当务之急！

建造如此庞大的示范园，首先需要稳定的巨量水源。

澜沧县境内虽有多条河流，但大都处于偏远地带，不便利用。几年以来，寻找合适的土地和水源接合地带，始终是朱有勇心底的焦灼。

2020年4月底，朱有勇返回澜沧。飞机降落时，从舷窗向下观望，意外发现机场周围有一大片水。走出机舱后，他马上打电话询问。

县水务局局长告诉他，这是南掌河水库。

朱有勇欣喜若狂，马上邀请局长等人一起前往考察。南掌河水库距离机场20公里左右，容量420万立方米，且周围大山环抱，溪水丰盈，补给方便。而未来的万亩园区，年需水量为189万立方米，正好匹配。

水源确定后，再顺藤摸瓜，寻找土地。

“五一”期间，他围绕水库，踏遍了周边的乡镇和村庄。最后，地址确定在水库与机场之间的东回镇。此地平均海拔920米，最适宜育苗。

5月上旬，这个决定澜沧县未来经济格局的重大项目正式启动。

政府出面，迅速流转土地11628亩；该项目规划投资3.5亿元，其中政府投资8000万元，负责水、电、路等公共设施，其他由企业主导。

项目定名为澜沧县空港片区林下中药材乡村振兴示范园。

不长时间，便有8家企业入驻，落实资金1亿元。

为了高效利用所有土地，示范园科学设计了水、电、路等配套系统，特别是在园区的高地建造了3个大型蓄水池，可以自流到各个版块。各版块再开挖若干小池，用滴灌形式滋润各个大棚、每棵小苗。

与园区相邻的小理石组，山高林密，海拔超过1400米，若用管道提水浇灌，扬程高、路途远，经济上并不划算。但这里有数千亩思茅林地，是一片难得的三七家园。

类似这样高海拔的林地，在澜沧县十分普遍。

怎么办？

朱有勇建议打井。如果高海拔地带能够打井取水进行滴灌，那么，林下三七的种植面积就可以更加扩大了。

但是，按照传统经验和观点，高海拔的喀斯特地质，不宜打井。

朱有勇带着疑问，与钻探专家进行探讨。喀斯特地质，储存有丰富的地下岩溶水。近年来，随着科技发展和现代物探技术的提升，经过水文地质专业技术人员的细密勘察，精准确定孔位，完全可以打井取水。

听到这里，他的脸上再次露出清亮的笑容。

只是，他毕竟65岁了，连续两个多月的来回奔忙，让他心力交瘁。前几天上山时，由于路滑，不慎崴了脚，走路一瘸一拐，像一个羸弱的残疾人。

此时，得到满意的答案后，他欣慰地瘫坐在椅子上，仿佛秋风吹过的枯草，衰衰地倒在一边……

这个中药材示范园，不仅立足澜沧，更要辐射全市、全省和全国。未来，有望成为全国最大的三七交易市场。

另外，朱有勇还有一个美好设想：开发旅游业！

的确，这个示范园靠近机场，交通便利，附近围绕着傣族、布朗族、哈尼族等几个特色鲜明的民族村落，更有世界文化遗产——景迈山古茶林。如果融合发展、联手打造，完全可以成为一个惊艳的AAAA级风景名胜区。

51. 蔬菜模范

自从来到澜沧之后，朱有勇就有一个惊奇发现：这里气候湿润，极适宜种植蔬菜，但当地人却没有这个习惯！

自古以来，拉祜族民众以狩猎为主、刀耕火种。他们的饮食结构里，以粮为主，以肉为最，蔬菜只是辅料，可有可无。近年来，农民们也只是在房前屋后或一些闲散地面上，随便撒一把蔬菜种子，任意生长，从不管理。

由于没有蔬菜种植技术，又限于季节影响，致使本地蔬菜品种单调，不能自给。特别是随着越来越多的人口居住在城镇，致使全县半数以上的蔬菜需要外购，从西双版纳一带调运。

市场需求太大了，经济损失太大了。

这不仅关系到产业结构的调整，更是关乎父老乡亲们的饮食结构的完善。

没有丰富的蔬菜，哪有美丽的幸福？

乡村振兴，从何谈起？

要改变这种生活习惯，使澜沧变成蔬菜基地！

从2016年开始，朱有勇在大力推广冬季马铃薯和林下三七的同时，也邀请云南农业大学的专家，为这里引荐了568个蔬菜品种，进行试种，试图从中选出最适合本地的品种。

不仅引进蔬菜品种，更引进蔬菜人才。

汤树德，男，53岁，山东省寿光市孙家集镇汤家庄村人，高中毕业后，开始在老家种菜，向全国输送。后来，他成立了一家蔬菜公司，建起70亩育苗基地，规模越来越大，成为当地有名的蔬菜大户。

2016年8月，汤树德来到云南省保山市蔬菜批发市场签订合同。正巧，朱有勇也在这里现场考察。当听说汤树德是寿光蔬菜专家时，朱有勇主动上前打招呼，并相约深谈。两人一见如故，成为朋友。

不久，朱有勇和澜沧县有关人员专程赶往寿光市，考察当地的蔬菜种植和汤树德的育苗基地。而后，朱有勇正式邀请汤树德来澜沧县建立基地、传授蔬菜种植技术。

2016年底，汤树德携家人落户澜沧县上允镇。

2017年11月，中国工程院定点扶贫澜沧项目冬早蔬菜种植示范基地正式挂牌成立。基地共投资600万元，流转农民土地100亩，其中40亩为高标准蔬菜大棚。该基地主要种植辣椒、茄子、黄瓜、西红柿、西兰花等常规蔬菜。用工从当地招聘，每人每天工资80元。

在实践过程中，汤树德发现，澜沧县的土壤和气候条件比北方更适合种植蔬菜，尤其是瓜类和豆类。

朱有勇主导的院士冬早蔬菜培训班也开始招生了。每年10月中旬开班，每班70人左右，全部免费。

学生呢，遍布全县各乡镇每个中心行政村。

在澜沧县采访时，我还见到了一位55岁的北方女人——李凤梅。

她也来自山东省寿光市。

李凤梅在糯扎渡镇承包了100亩农田，专门示范种植贝贝瓜。过去，当地农民以种植玉米和甘蔗为主，亩收入不足1000元。而现在，贝贝瓜亩产可达4000公斤，每公斤批发价8元。

此瓜4月上市，是城市居民餐桌上的新宠。每天早餐时蒸两个，板栗味道，沙沙甜甜，口感上佳，营养丰富。

我采访时，正值贝贝瓜收获季。两米高的支架上，爬满了强劲的瓜蔓，一枚枚圆圆滚滚、胖胖墩墩的瓜娃娃，像一个个彩色的小灯笼……

如果说汤树德和李凤梅是外来户，那么周强便是本土菜农了。

周强，1981年6月生，澜沧县惠民镇旱谷坪村人，彝族。初中毕业后到昆明十四冶技校读书，电工专业。毕业后在外打工，因收入不理想，只得回家种地。

兄妹5个，他是最小。家里20亩地，只种玉米和水稻，显然不足以养家。

2016年，35岁的他才结婚成家。

2020年11月，周强参加了朱有勇的院士蔬菜培训班。学期5个月，其中4次集中学习。培训的同时，他就在自家土地上建起7亩大棚，种上了茄子、青椒、青菜等。

在班里，老师手把手地传授整地、施肥、播种、打杈、疏果、治虫等技术，他用心一一记下，再回来实用。

他们63个同学，与老师共建一个“2020中国工程院冬早蔬菜培训班”微信群，每天联系，互相学习，互通有无。

2021年6月上旬，周强突然发现青椒叶子上出现皱纹，而且生长缓慢。这种病症，老师并没有讲过。他十分害怕，马上拍了几张照片，发给院士团队的赵凯老师和同学们。赵老师和同学们会诊之后，断定是一种不常见的特殊病毒，马上告诉他，只要用一种罕见的生物农药，配上叶面肥，整株喷施即可把病毒杀死。

两天后，青椒们又恢复了健康，蓊蓊郁郁，滴青流翠。

周强在镇上的蔬菜市场承包了一个摊位，由妻子负责零售。

采摘量大的时候，他就开着三轮车，拉到县城的批发市场。不到半个小时，便会抛售一空。

采访时，我悄悄探问他今年的收成。

他憨憨一笑，轻轻地告诉我，已经赚回4万多元。

……

经过几年的引进和推广，澜沧县的蔬菜种植面积已突破3万亩。

的确，在这片高原净土上，各种蔬菜都可以种植。马铃薯是带头大哥，青椒、茄子、黄瓜、油菜、丝瓜们都是兄弟姐妹。大家在这里开开心心、生龙活虎地成长着、成熟着……

它们一起轰轰烈烈地走进了澜沧的肠胃，强健了澜沧的骨骼！

52. 幸福的美酒

大块吃肉，大碗喝酒。

的确，拉祜族群众民风淳朴、喜爱饮酒。不少男人早晨起床第一件事，就是喝一碗酒。上山干活时，更是要带上两个葫芦，一个装水，另一个装酒。

平时，村民们也喜欢摆酒。正常节日和红白事不说，孩子生日、外出之前、归家之后、朋友相聚等，都要摆酒。即使三八妇女节，也是男人们聚会饮酒的理由。

饮酒就要痛饮，大碗喝。

三碗酒下肚，性情马上改变，原来的木讷不见了，原始的激情登场了。于是，大家载歌载舞，乐哉乐哉。

有史以来，他们的杯中物，都是自酿的苞谷酒。此酒酒精含量高，性烈而猛，直冲头顶，直击神经。每个村寨里都有土法酿酒坊，村民们常常用塑料壶、水桶或脸盆前去打酒，每斤10元。

但是，不得不说，这种自酿酒，甲醛含量高、杂质多、酒液浑，没有卫生标准，长期饮用，会造成不少中老年人目光呆滞、神情枯槁、杂病多多。

朱有勇自小生活在少数民族地区，深深知道自酿酒的危害。

在澜沧县生活日久，他的心底愈发产生了一种特殊的亲情。可爱的拉祜族父老乡亲，简直就是自己的兄弟姐妹。

亲爱的兄弟姐妹啊，既然暂时不能戒酒，那么一定要饮用纯净的健康酒、国标酒！

随着三七事业的兴旺，朱有勇院士团队决定创办一家三七酒厂。

2020年1月2日，蒿子坝酒业公司正式注册成立。

酒厂位于蒿枝坝三组的一块山坡上，占地10亩，共投资610万元。

不用说，这些经费绝大多数由朱有勇院士向合作单位和爱心企业筹集，其中最大一笔是来自上海市黄浦区的对口援助资金150万元。技术和设备呢，由昆明市的专业酒厂支持。

1月19日，酒厂破土动工。

与此同时，朱有勇院士团队引进种植十几种特种高粱，作为酿酒原料，其中有禄劝红高粱、风杂25号高粱、茅粮糯高粱等。他鼓励农民种植，承诺高价收购。

5月14日，设备调试完毕。在专业酿酒师的指导下，酒厂就地购买原料，现场尝试酿酒。

三个月后，一种全新的清香型白酒出世了。

然后，将新鲜的三七花洗干净，烘干，投进去，泡酒，这便是上好的“蒿子坝”三七花酒。

这种白酒，更醇厚、更滋润、更纯净、更营养，是一种真正的绿色酒品。

而它的生产者，正是普洱市少数民族地区第一家标准化酒厂！

刘明生是小山村的“状元”，又曾是冬季马铃薯培训班的班长。

2020年1月，他被酒厂选中作为酿酒师人选，前往昆明培训。培训期间即开始领取见习工资，每月2000元。

刘明生毕竟是高中生，拥有相当的物理和化学知识，因而学习酿酒入门更快。

酿酒首先是选择原料。以高粱为例，要选择粒大饱满者，先粗糙粉碎，再加入四分之一的稻壳，用适量清水搅拌，然后放入蒸笼中，大火猛蒸一小时以上。

蒸熟的原料，摊开散热。降温至20℃左右时，加入酒曲，酒曲按照25%的比例，拌入原料，再加50%的纯水。统一拌好后，放入酒窖……

澜沧昼夜温差大，必须将室温控制稳定在25℃，让其自然发酵30天。

刘明生细心地揣摩着、玩味着，悄悄地走进了美妙的白酒世界。

此时的他，暂时忘记了心底的女孩。

他的眼中，只有美酒，只有美酒。

张六金，也是酿酒师。

虽说他没有多少文化，但他早早走进社会，对世态炎凉和人情世故揣摩透彻着呢。而复杂微妙的人情世界，何尝不是酒呢？在昆明师傅的指导下，他悉心学习、精心领悟。

发酵的时间和火候特别重要。用温度计测试，如果温度达到37℃，便可停止。

接下来的环节，就是蒸馏。把酿造物放入蒸馏机，再加温。于是，白白的琼浆玉液，汩汩而出……

酿好的白酒经过窖藏，味道才愈加醇厚。再加以勾兑，口感便会更加醇香且恒定……

酒厂位于张六金家附近。他每天早上步行上班，晚上也主动值班。

他的两个孩子呢，老大在乡中心校读书，周末才回家，小的呢，在本村上幼儿园，由妻子负责接送。

他的工作，就是安静地酿酒，酿美酒。

幸福的美酒！

53. 芦笙恋歌

酒井乡孟根村有9个村民小组，老达保只是其中之一。

其实，老达保就是一个山寨，共116户502人。当年，拍摄电影《芦笙恋歌》时，词作家雷振邦为了创作主题歌《婚誓》，曾在这一带体验生活。

但是，过去的老达保啊，是贫困的老达保。

有多贫困呢?

这么说吧。直到2010年，寨子里还没有通电，没有公路，没有通信，全寨的父老乡亲大多没有去过县城。他们的人均年收入，不足1000元。

这些年，随着交通、电力和通信条件的改善，他们在种玉米、甘蔗和水稻的同时，又兼种西瓜和茶叶，生活逐渐稳定。2015年之后，朱有勇院士倡导种植冬季马铃薯和林下三七之后，家家户户都富裕起来了。

现在，他们全寨的人均年收入超过了1.3万元。

不仅物质脱贫了，更重要的是精神也富裕了。

朱有勇院士每天早晨在蒿枝坝跑步，带动周边不少村的村民们改变了懒睡的习惯。他们也早早地起床，或跑步，或下地干活。最起码，也会拿起扫帚打扫院子。既然打扫自家院子，那么连门口的大路也扫一下吧。

于是，蒿枝坝干净了，很多很多的小村也干净了。

65岁的李石开，是老达保民间歌舞的组织者。

说起现在的幸福生活，他说："以前人和牲畜住一起，雨季里天气潮热，臭气烘烘，真受不了。现在，牲畜都搬到了村外面，我们都过上了城里人的干净生活……"

说到拉祜族歌舞，他的话题更多了："拉祜拉祜，就是快乐的意思嘛。我们老达保寨子，都是自己的亲人——叔叔、姑妈、堂弟、表姐、叔叔的孙子……我们拉祜人啊，会喝水就会喝酒，会走路就会跳舞，会说话就会唱歌。"

是的，这个大山深处的拉祜村寨，蕴含着太多的民族音乐的密码。拉祜族创世史诗《牡帕密帕》在这里有着口耳相传的吟唱；这里是电影《芦笙恋歌》主题曲《婚誓》的原创地；特别是这里的芦笙舞，更是国家级非物质文化遗产。还有葫芦节、扩塔节、新米节、火把节、泼水节等仪式，都原汁原味地保留着。

李石开作为非遗传承人，一直致力于拉祜族文化的传承和发扬。

这些年，他们成立了雅厄艺术团表演队，还有3个原生态艺术团体："达保五兄弟"组合、"达保姐妹"组合、"猎虎兄弟"组合。

只要有客人进村参观，便是他们的节日。

你看，这个花甲老人，一上台就活泼如猿猴，勇猛如虎豹。吹着芦笙，踮起脚步，化身于打猎情景：

"冲、冲、冲，咳！"这是大狗的声音。

"放！"豪猪来了。

"Wo！"是大大的老虎！

……

这时候，他端庄靓丽的女儿李娜倮也翩翩出场了。

父女俩来一个二重唱。

接着，台上又来了20多人，有和声，有狗叫声，有虎吼声……

压轴的仍是李石开的芦笙舞。双腿又踢又蹦，仰头吹“嘀——嗒，嘀——嗒”，倾斜身子，跳起再踏步。

整个打猎和生产过程，全化成了舞蹈，有磕跳的踏步舞，有磨刀的砍树舞，还有犁地舞、挖地舞、割草舞、插秧舞、青蛙戏水舞……

父亲舞蹈，女儿伴唱。真是一对绝妙的父女搭配！

这个李娜倮，真是一位歌星呢。

她18岁时，与邻村一个英俊健壮的男青年相恋。没多久，另一个浪漫女孩也来追求。男青年内心摇摆，举棋不定。李娜倮很是伤心，又不愿退出，就把自己内心的思念谱成歌曲，在男青年的木楼下唱了七天七夜。男青年被感动了，最终选择了她。

如今，他们幸福地生活在一起。

喏，在她身后弹吉他的那一个帅小伙，就是当年的男青年、现在的情郎丈夫呢。

李娜倮还在唱着，《真心爱人》《永不分离》《快乐拉祜》《朵朵麻栗花》……

一曲又一曲芦笙恋歌，从这里飞出，飞向全国，飞向世界。

生活，就这样在歌舞和美酒中，迤逦而过……

《云南写生 3》 陈流 油画

尾章 阿哥阿妹的歌声

小康社会，几千年来就是大众的社会理想。但由于历史局限和种种原因，这只能是一个美好的、遥远的梦想。

小康社会，更是中国共产党成立以来全心全意的百年追求。从建党到建国，从建国到改革开放，特别是党的十八大之后，更是把全面建成小康社会作为奋斗目标。

而今，八年脱贫攻坚，已经全胜。

2021年7月1日，在中国共产党成立100周年之际，中共中央总书记习近平代表党和人民庄严宣告：经过全党全国各族人民持续奋斗，我们实现了第一个百年奋斗目标，在中华大地上全面建成了小康社会……

这个庄严宣告，具有特殊的历史意义。

这是中华民族历史上前所未有的伟大壮举！

经过五年的脱贫攻坚，澜沧县的经济总量整体翻了一番。

这五年的增量，正好是过去五千年的存量。

脱贫攻坚已经完成，乡村振兴全面起步。

本来，朱有勇的工作任务已经结束，但他显然还没有回城的盘算。

这里是他的第二故乡，是他的立体论文！

近日，我在蒿枝坝采访的时候，朱有勇正在举办第五轮院士培训班。

本轮培训，已经拓展为10个专业班，不仅保留了传统的冬季马铃薯班、三七班、蔬菜班等，还有最新开设的畜牧班、电商班等。

几百名学员从全县各地赶来，汇集在蒿枝坝，个个清一色身穿迷彩服、头戴军帽。男子精神抖擞，女子英姿飒爽。

特别是那些女学员们，腰杆挺得直直，眼睛睁得圆圆。这哪里是一个个农妇，简直像一排排女兵。

第二天早上，我在村头散步。

早上6点，蒿枝坝正从朦胧的晨曦中缓缓醒来。青山、翠竹、田野、雾岚，宛若一幅幽静的田园画。

忽然，前面的小路上响起“嗒嗒”的脚步声，旋即跑来几个身影。

我正愣怔，朱有勇院士已经向我打招呼了：“嘿，早上好！”

我刚刚明白过来，脚步声已经远去了。

正在惆怅时，又一群人跑来了，原来是编组的学员队伍。他们服装整齐、步伐整齐、眼神整齐、口号整齐，完全像战士一样！

是的，他们白天认真上课，晚上分散住进农户家。吃饭呢，则是在秀情农家乐和扎丕农家乐。早餐是一碗热腾腾的骨头汤米线，午餐是炖猪肉、炒腊肉等，五六道菜，自助餐，香香辣辣，红红火火。

我离开的那天晚上，朱有勇的科技小院里，燃起一堆篝火。大家自发地围成圈圈，手拉手，踩着节奏跳舞。

夜色黑麻麻，山风清爽爽。刚吃完晚饭的朱有勇院士，也自然地插进人群中，咚咚哒、咚咚哒，跳得欢畅！

芦笙吹起来，《婚誓》的情歌在空中缭绕——

秋千荡到晴空里
好像燕子云里穿
弩弓没弦难射箭
阿妹好比弩上弦

世上最甜要数蜜
阿哥心比蜜还甜
鲜花开放蜜蜂来
鲜花蜜蜂分不开
蜜蜂生来就恋鲜花
鲜花为着蜜蜂开
…………

那是生命的情缘，那是生活的浪漫。

整个蒿枝坝、横断山、澜沧江，都唱了起来、跳了起来……

（定稿于2021年8月12日）

图书在版编目（CIP）数据

农民院士 / 李春雷著. -- 昆明：云南人民出版社, 2021.12 （2022.3重印）

ISBN 978-7-222-20081-4

Ⅰ. ①农… Ⅱ. ①李… Ⅲ. ①报告文学—中国—当代 Ⅳ. ①I25

中国版本图书馆CIP数据核字（2021）第114164号

出 品 人 赵石定
项目策划 赵石定 周 祥
责任编辑 周 颖 任建红
责任校对 王以富 严 玲
装帧设计 马 滨
责任印制 窦雪松
插图创作 陈 流

农民院士

李春雷 著

出 版 云南出版集团 云南人民出版社
发 行 云南人民出版社
社 址 昆明市环城西路609号
邮 编 650034
网 址 www.ynpph.com.cn
E-mail ynrms@sina.com
开 本 720mm × 1010mm 1/16
印 张 13.5
字 数 160千
版 次 2021年12月第1版 2022年3月第2次印刷
印 刷 云南出版印刷集团有限责任公司华印分公司
书 号 ISBN 978-7-222-20081-4
定 价 50.00元

云南人民出版社微信公众号

如需购买图书、反馈意见 请与我社联系
总编室：0871-64109126 发行部：0871-64108507 审校部：0871-64164626 印制部：0871-64191534